Ringra

Dietro ogni libro c'è una storia che comincia molto prima che il libro venga pubblicato. Per noi la storia è cominciata da un altro libro molto amato e letto quando eravamo più piccoli, *Il libro della giungla* di Kipling.

Dalle suggestioni di questo libro abbiamo creato una nuova storia e uno spettacolo teatrale.

Luciano Giuriola per primo ci ha offerto la possibilità di rappresentarlo nel Teatro De Micheli di Copparo. Via via lo spettacolo è cresciuto e lievitato fino a che un giorno Lucia Rosetti, della biblioteca di Cervignano del Friuli, lo ha visto e lo ha raccontato a Beatrice Masini, che ci ha voluto incontrare e ci ha incoraggiato a riscrivere il testo in forma di romanzo.

Siamo così arrivati al libro che state per leggere.

A tutti loro va il nostro ringraziamento.

1

Era autunno. Pioveva.
La Stazione Centrale era piena di gente.

Gli altoparlanti annunciavano senza sosta gli arrivi e le partenze dei treni.

Era quasi sera e a quell'ora affollavano la stazione i viaggiatori giornalieri, che partivano la mattina, all'alba, con gli occhi velati di sonno, e tornavano dopo una giornata di lavoro con gli occhi velati di stanchezza.

Sul binario ventidue arrivò un treno: non era uno di quelli con le carrozze nuove che sembrano siluri. Era un vecchio treno regionale, senza più colore. La ruggine colava dalle saldature del tetto. Dal basso delle carrozze, graffiti scrostati salivano verso l'alto a ricoprire i finestrini.

Il treno si arrestò, le porte si aprirono, i viaggiatori scesero, affollarono per un attimo il binario, poi si dispersero in fretta.

Solo allora da un vagone ormai vuoto sbucò un uomo. Era alto, ossuto. Il suo viso era affilato, pallido. I capelli, unti e lunghi, erano raccolti in un codino. L'uomo indossava una finta pelliccia tigrata e aveva tra le mani un bastone che terminava con una testa di tigre. Si fermò un istante sui gradini, guardò a destra, a sinistra, poi con movimenti rapidi e scomposti scese dal treno.

Era Shirkan, detto la Tigre. Con uno scatto rapido si girò e batté violentemente il bastone sul fianco del vagone.

«Fuorza, muoversi! Tabacco, Buldeo» urlò. «Cosa 'spettate, muovete vostre zampe.»

Continuò a masticare imprecazioni nella sua strana lingua e zoppicando s'incamminò lungo il marciapiede.

Si affacciarono allora sul predellino del treno otto, dieci tra ragazzi e ragazze, di età diversa, pressati alle spalle da un uomo grosso, con la testa lucida, rasata.

L'uomo spingeva giù i ragazzi in malo modo aiutandosi con una bottiglia di birra vuota che agitava come fosse un manganello. Accanto a lui c'era un altro uomo, piccolo, col naso ricurvo e gli occhi volpini. Stringeva tra le dita ingiallite una sigaretta. Aveva una voce rauca, soffiata:

«Fuorza belli, vollete scendere a calci?» E allungò a caso una pedata che fece precipitare giù dai gradini parte del gruppo.

Sul marciapiede del binario i ragazzi si strinsero tra loro e presero a seguire Shirkan. In fondo al gruppo una ragazza con un giacchino verde e i capelli annodati in una treccia tirava un bambino piccolo che non smetteva di singhiozzare.

Buldeo e Tabacco chiudevano la piccola carovana, come oscuri custodi.

Il gruppo procedette lungo il marciapiede, non verso la stazione, ma nella direzione opposta, dove le luci diventavano più fioche e i binari sembravano fuggire verso l'aperto. In fondo, oltre i binari morti, i capannoni fatiscenti di una vecchia fabbrica abbandonata.

Shirkan avanzava a passo veloce, si appoggiava al bastone e lanciava in avanti la sua gamba zoppa, come se a ogni passo volesse dare un calcio all'aria. A un certo punto uno dei ragazzi del gruppo rallentò, si lasciò superare dagli altri e raggiunse la ragazza in fondo.

I due camminavano guardando avanti, come se la loro vicinanza fosse casuale.

Il ragazzo lasciò cadere nella tasca del giacchino verde un piccolo pettine.

«Nina» sussurrò, «l'ho preso per te.»

La ragazza mise la mano in tasca, strinse il regalo, si girò appena e accennò un sorriso. Il ragazzo pensò che gli occhi di Nina erano dello stesso verde brillante della giacca che indossava.

«Muli, ho paura» sussurrò Nina. «Anche oggi non ho mia quota di soldi. Shirkan darà me ancora botte. Non sono capace rubare, no riesco.»

Il ragazzo allora mise la mano in tasca e di nascosto passò alla ragazza dei soldi arrotolati in un fazzoletto:

«Prendi miei soldi Nina.»

«No Muli, non posso, Shirkan darà botte a te.»

«Non ti preoccupa, questa sera lui no mi bastona!»

«Che vuoi dire?»

Un fischio acuto li fece sobbalzare. Un altro treno stava entrando in stazione, proprio sul binario che fiancheggiava il loro marciapiede.

Di colpo Muli si staccò dal gruppo, si lanciò davanti al treno e attraversò il binario. I freni sfrigolarono sulle rotaie, il macchinista urlò imprecazioni dal finestrino, ma Muli era già dall'altra parte. Davanti a lui un binario, e poi ancora un altro: era appena arrivato un treno e un altro fiotto di passeggeri affollava il marciapiede.

Muli attraversò a grandi balzi le rotaie, si mescolò alla folla.

Luci, lampi di colore lo abbagliavano, suoni, voci si mescolavano al ritmo impazzito del suo cuore. Correva col corpo teso in avanti, come una scheggia, verso i binari che si perdevano nel buio. Si lanciò giù per la scalinata di un sottopassaggio, scavalcando al volo una transenna che vietava l'entrata. Lì sotto le luci diventavano fioche, i suoni si facevano lontani. Solo i suoi passi risuonavano amplificati.

2

In fondo il passaggio era sbarrato, chiuso per lavori. A sinistra si apriva un varco, un troncone buio pieno di pozzanghere. Muli lo imboccò e continuò a correre. Sentì alle sue spalle un rimbombo di passi: qualcuno lo stava inseguendo. Muli accelerò la corsa, l'acqua schizzava sotto i suoi piedi, non vedeva niente, correva alla cieca, sentiva l'eco dei passi che non smettevano di seguirlo, si girò per cercare di vedere nel buio quanto fossero distanti i suoi inseguitori quando di colpo andò a sbattere contro qualcosa di morbido.

Si sentì afferrare da due braccia enormi. Urlò, provò a divincolarsi, scalciò, ma inutilmente: l'uomo lo tratteneva con forza. Nella luce fioca Muli intravvide appena il suo viso: da un cappello di lana spuntavano dei capelli bianchi. Era un vecchio.

«Muli, Muli» si sentì urlare dal fondo. «Bastardu, dove sei?»

I passi erano sempre più vicini.

Il vecchio spinse Muli in un angolo.

«Stai zitto» gli disse, «non respirare, fa' come se fossi morto!»

Gli buttò addosso una coperta umida e si sedette su di lui con tutto il suo peso.

Muli si strinse a uovo, rannicchiato su un fianco, la testa a toccare le ginocchia. Se ne stava immobile, cercando di trattenere il respiro. L'odore rancido che veniva dalla coperta mescolato ai liquami stagnanti del pavimento era soffocante.

«Muli… Muli, cane rugnoso, vieni fuori o spezzo tue ossa!»

All'imbocco del troncone era apparso Tabacco, uno dei due uomini scesi dal treno: si appoggiava esausto alla parete, a riprendere fiato.

«Ehi, vechio saco di merda, hai visto bambino tu? Dico a te, hai visto bambino?»

«Non ho visto nessun bambino» rispose il vecchio.

«No fare furbo, ho visto lui correre, deve esere qui.»

Il vecchio rimase in silenzio.

«Parla» urlò rauco Tabacco «o ti gonfio occhi co' miei pugni.»

Muli tratteneva il respiro e stringeva forte i

muscoli delle spalle a sostenere il peso che lo schiacciava.

«Guarda tu stesso, vedi bambini, qui?»

«Senti me... se tu vedi bambino scuro, occhi neri, maglia rossa, è nostro bambino scappato. Shirkan lo cerca, tu porti me bambino, io compro te vino. Capito?»

«Va bene, va bene... Se lo vedo te lo dico.»

Tabacco si accese una sigaretta dando un'ultima occhiata al vecchio.

«E lavati, puzzi come fogna» gli disse a mo' di saluto, e imprecando si allontanò con passo spedito.

I tacchi dei suoi stivaletti risuonavano nella galleria.

Il vecchio si alzò e si sedette a terra, accanto alla coperta.

«Resta lì sotto fermo ancora per un po'» disse a Muli sottovoce.

Quando l'eco dei passi di Tabacco era ormai lontano, il vecchio si spostò e sollevò la coperta.

«Vieni fuori, se n'è andato» disse.

Muli alzò la testa e guardò il vecchio.

Era alto, grosso, con la barba lunga. Aveva occhi chiari che brillavano nel buio. Portava un cappotto lungo e sotto altri vestiti, uno sopra l'altro, a strati.

Muli si tirò su: aveva le scarpe e i pantaloni bagnati. Si massaggiò le ginocchia e i gomiti indolenziti.

«Perché no hai detto che ero qui? No hai paura? Quello era di banda di Shirkan, si chiama Tabacco.»

«Non mi piace Shirkan» rispose il vecchio.

«Tu conosci Shirkan?»

Il vecchio annuì.

«Chi sei?»

«Mi chiamo Baloon, vivo tra questi binari, vedo tutto quello che succede in questa giungla. Ma ora muoviamoci, non è prudente restare qui. Quello sporco trafficante di bambini presto tornerà con gli altri della banda. Andiamo via.»

Baloon si chinò a raccogliere le sue cose, Muli lo aiutò, riavvolse la coperta, piegò i cartoni. Baloon s'infilò nella tasca del cappotto una bottiglia di vino, prese da terra alcuni giornali sgualciti, con uno spago legò il tutto in un fagotto e s'incamminarono.

All'altezza del tunnel sbarrato Baloon si fermò, sfilò un gancio nascosto, spostò delle assi e fece cenno a Muli di entrare, poi richiuse con cura il passaggio.

Baloon camminava sicuro nel buio: conosceva la strada. Muli lo seguiva.

Davanti a loro si apriva un reticolato di sottopassi in costruzione. Pozze di buio si alternavano a zone illuminate da deboli luci di servizio. Rivoli d'acqua scorrevano lungo le pareti, a ingrossare pozzanghere melmose. A un cenno di Baloon risalirono per una scaletta e uscirono allo scoperto, ormai lontani dalla stazione, in una distesa di binari che s'incrociavano tra loro.

3

Era buio, ormai, e dal cielo continuava a cadere una pioggerellina fitta.

Camminavano seguendo un binario che sembrava abbandonato. L'erba era alta tra le traversine.

Baloon sbuffava come un mantice. Il suo corpo imponente si muoveva con fatica.

Muli si avvicinò a Baloon per prendere dalla sua mano il fagotto di stracci e cartoni.

«Dai questo a me, porto io.»

«Ti ringrazio. Siamo quasi arrivati.»

Muli guardò davanti a sé: cercava di scorgere nel buio la sagoma di una costruzione, ma non si vedeva niente.

«Andiamo a tua casa?» domandò.

«Sì, andiamo nella mia tana, non è un posto di lusso, ma vedrai, è come stare in una botte di ferro.»

Rise, e la risata scivolò in una tosse profonda.

Costeggiarono i pilastri di un cavalcavia. In alto le macchine sfrecciavano a grande velocità. Il bagliore dei fari illuminava la pioggia che continuava a cadere fitta.

«Ecco, siamo arrivati» disse Baloon.

Muli si guardò intorno: non c'era niente all'orizzonte, nessuna baracca, nessuna capanna, niente.

Baloon frugò nella tasca e tirò fuori un accendino. Illuminò in basso una lastra di ferro arrugginita, sganciò la barra che la fissava e la sollevò. Con un cigolio sinistro si spalancò davanti ai loro piedi un buco nero.

Baloon si calò nel varco usando i pioli di una scala di ferro attaccata alla parete e scomparve nel buio.

Dopo qualche istante un chiarore illuminò il fondo della botola.

«Lancia pure il fagotto e vieni giù, ci penso poi io a richiudere» gli urlò dal basso.

Muli restò fermo. Il suo cuore aveva preso di nuovo a galoppare.

«Che c'è, non ti fidi?» gridò dal basso Baloon. «Fai bene a non fidarti...»

La pioggia continuava a cadere. Muli non sapeva che fare.

Intorno a lui l'abbraccio freddo della notte e gli

uomini di Shirkan alle calcagna. Giù, in fondo alla botola, una tana e uno sconosciuto.

E se fosse stata una trappola?

Dal fondo il vecchio gli gridò: «Se non vuoi scendere fa' come vuoi, ma chiudi la botola, che entra il freddo!»

In quel momento un tuono squarciò l'aria e una pioggia violenta venne giù come una cascata.

«Arrivo!» gridò Muli tutto inzuppato.

Si calò giù per la scaletta. I pioli che sbucavano dalla parete sembravano grandi maniglie. Discese i primi tenendosi stretto con una mano e si sporse fuori a richiudere la botola. La lastra pesava. La fissò dall'interno facendo scorrere un'assicella di ferro, poi lentamente riprese la discesa.

Dalle pareti traspirava odore di umido. Baloon aveva acceso sul fondo due candele: la luce illuminava una piccola galleria piena di sporgenze, simile a un intestino. Era come essere dentro una pancia.

Un grosso tubo attraversava il soffitto: sopra erano stesi panni e stracci.

Muli avanzò cauto, cercando di raggiungere Baloon oltre il gomito della galleria. Si ritrovò infine in una specie di piccola stanza di ferro. Le pareti ricoperte di ruggine erano rosso scuro. Da lì ripartivano altri due cunicoli. Doveva essere un vecchio serbatoio, forse utilizzato un tempo per la raccolta dell'acqua.

Una piccola lampada dai vetri scheggiati rischiarava l'ambiente. Baloon stava cercando di agganciarla a un ferro che sporgeva dall'alto.

«Questo è l'unico posto dove non si spegne» spiegò. «Ci sono spifferi malefici che entrano da non so dove.»

Fissata la lampada, Baloon trascinò al centro dello spazio una vecchia cassetta per la frutta, la coprì con un giornale e apparecchiò una specie di tavola.

«Prendi quelle due cassette, che ci sediamo» disse, e indicò un piccolo deposito di legni e cartoni accanto a un vecchio materasso.

Poi tirò fuori dalle tasche un pezzo di pane e una mela ammaccata. Da un sacchetto di plastica estrasse un resto di pollo arrosto, le coste dure di un finocchio, una carota, una pera.

«Tutta roba raccolta al mercato dopo la chiusura» disse strizzando l'occhio al ragazzino.

Muli intanto aveva disposto le due cassette come fossero sedie di quel tavolo improvvisato e si era seduto. Si guardava intorno. Adesso che gli occhi si erano abituati alla penombra, vedeva meglio dove si trovava e si sentiva più tranquillo.

«Chi cosa fai con quelli?» chiese, indicando dei libri ammucchiati in una cassetta.

«Li leggo, mi fanno compagnia.»

«No sembri uno che sai leggere.»

«A volte le cose non sono così come sembrano.» Baloon tirò fuori dalla tasca un grosso fazzoletto e se lo appoggiò sul braccio come fanno i camerieri.

«Prego» continuò, «la cena è servita, al momento siamo senza champagne, ma quest'acqua è di pura fontana comunale.»

Posò sulla tavola una bottiglietta di plastica schiacciata.

Muli accennò un sorriso. Baloon lo guardò dritto negli occhi. Il ragazzino gli stava di fronte, lo vedeva bene: si accorse che aveva un grosso livido sulla guancia.

«Ho fame» disse Muli. «Shirkan dà poco noi a mangiare, solo latte a mattina e poco di pane a sera.»

«Mangia pure» disse Baloon. «Io non ho tanta fame, oggi sono riuscito a mangiare anche un pasto caldo.» Tirò fuori dal cappotto la bottiglia di vino, se la portò alle labbra e bevve di gusto.

Alla luce della lampada e senza il cappello calato sugli occhi non era poi così vecchio. Il suo viso era coperto di barba e rughe, ma gli occhi erano quelli di un ragazzo.

«Allora, cosa è successo? Perché sei scappato?» gli domandò Baloon, masticando con ostinazione un pezzo di pane duro.

«Stasera per me era ancora botte» rispose Muli. E poi, come se avesse trovato lo slancio: «Noi ragazzi lavuriamo per Shirkan. Rubiamo per lui, chiediamo lemosine, laviamo vetri a semaforo. Dobiamo portare a Shirkan soldi chi lui dice. Se no così, lui dà botte, e se uno dice: questo no giusto! Lui lega noi con catena e lascia senza niente a mangiare per giorni. Io sono the best a rubare, sono tanto viloce, ma a ultimi mesi non portavo più soldi chi lui voleva.»

«Come mai?»

«Io… prendevo soldi, ma davo… a mia amica Nina, che rubare proprio no sa fare. Ogni sera Shirkan dava lei botte e io non volio vedere Nina co faccia gonfia.»

Muli rimase persieroso. Baloon si accorse che tremava.

«Sei tutto bagnato» gli disse. «Ti ammalerai, prendi la coperta.»

Muli si alzò, si avvicinò al materasso, liberò dal fagotto la vecchia coperta ancora imbrigliata nel cordino e nei cartoni e se la sistemò sulle spalle.

Il suo sguardo fu attratto da una fotografia poggiata tra i libri. Si protese a prenderla e tornò a sedersi alla luce.

«Chi è questo uomo vestito tanto bene? Ti sumiglia… è figlio tuo?»

«No… Sono io» rispose Baloon.

«Tu? Ma eri magro… e vestito bene. E palazzo dietro era tua casa?»

«No, quello è il palazzo della Borsa.»

«Borsa…?» domandò Muli.

«Sì, Borsa. Ci lavoravo.»

«Anche tu lavoravi con borsa?… Cellulari?… Portafogli?»

«No, la Borsa, è un posto dove si gioca col denaro, si compra e si vende. Le azioni salgono, scendono, sembra solo un gioco di numeri, ma intanto dentro quel palazzo si decide del destino degli uomini.»

«Ma alora eri un gran signore… e hai finito qui, così, in questo sporco.»

«Guardala bene, quella foto» disse Baloon. «Non si vede, ma ero più sporco allora di adesso. Spesso lo sporco si nasconde dentro, ti assicuro che sono più pulito ora. Ma raccontami ancora di te: da dove vieni, come sei arrivato qui?»

Muli si strinse nella coperta. Aveva rimesso la fotografia tra i libri e si era seduto sul materasso, accanto agli scatoloni, nella penombra.

«Mio zio mi ha vinduto a Shirkan, mio padre e mia madre non c'era più.»

Baloon ascoltava bevendo gli ultimi sorsi di vino.

«Vengo da paese che ha campi grandi» continuò Muli. «Sono tanto verdi. E c'è vento forte, che sembra puoi volare... Ma mio paese è povero, multo povero. Uomini come Shirkan prendono bambini per strada, a volte comprano da loro padri, per pochi soldi, come capretti a mercato. Shirkan dice bele parole, vende sogni. Padri pensano che altro posto, altra vita per loro figli no può essere più brutta di quela che loro hanno.»

Muli si sdraiò sul materasso: era stanco. Allungò le gambe sui cartoni che tappezzavano il pavimento.

Mentre parlava gli occhi gli si chiudevano, le parole diventavano lente:

«Sai... a mio paese nell'erba ci sono cunigli chi saltano... noi volevamo prendere, ma loro... erano molto... viloci e alora noi... currevamo nell'erba... e...»

Così raccontando, Muli si addormentò.

Baloon rimase lì a guardarlo, poi lo coprì sistemando meglio la coperta.

La luce della lampada era sempre più fioca: presto si sarebbe spenta.

Baloon si adagiò in un angolo del materasso, si abbottonò il cappotto, si avvolse intorno due grossi cartoni per proteggersi dal freddo.

"Un bambino nella mia tana" pensò. "Avrà dodici anni... in fondo è un bambino, anche se usa modi da uomo. Cosa ne so io di bambini? Un bambino ha bisogno di tante cose, deve andare a scuola, mangiare... e io... io come posso aiutarlo, che cosa posso fare?"

Con questi pensieri anche Baloon si addormentò.

4

Il sole era appena sorto quando un rumore come di una grossa campana strappò Baloon dal sonno.

«Boom boom… sveglia, Baloon!»

Il suono metallico scivolò giù per la scaletta a pioli.

«Boom boom, sveglia, Baloon!»

Baloon aprì gli occhi strattonato dal rimbombo. Qualcuno bussava sulla botola. Chi poteva essere? Pochi conoscevano la sua tana.

Baloon restò immobile sui cartoni. Accanto a lui Muli dormiva profondamente come se fosse sordo.

«Boom… boom… allora, Baloon, ti vuoi svegliare?»

Baloon saltò subito all'erta come un animale. Possibile che li avessero seguiti? Senza fare rumore si arrampicò su per la scala.

«Allora, Baloon, vuoi aprire?»

Era una voce secca, come il sibilo di un serpente

a sonagli. Baloon la conosceva bene. Sì. Era Pino, Pino lo Sciacallo.

«Baloon, dai, apri, sono Pino.»

«Lo so!» disse Baloon. Sollevò appena la botola e vide all'altezza dei suoi occhi le inconfondibili scarpe a punta di finto coccodrillo, tutte consumate, su cui poggiava l'orlo sfilacciato dei pantaloni a quadri, logori e unti. La giacca, troppo piccola, lasciava scoperto un pezzo di braccio.

Pino era un tipo secco, aveva occhi affilati e denti piccoli e aguzzi. Non sorrideva: ghignava. Viveva nei luoghi bui della stazione. Spiava, comprava, vendeva, aveva un fiuto particolare per i soldi, e compariva sempre quando c'era qualcosa da arraffare. In quel momento purtroppo era lì. Baloon sollevò ancora un po' la botola.

«Era ora! Buon gioooorno, Baloon! Oh, lo sai che Shirkan ti sta cercando? Shirkan, proprio lui! Pensa che è convinto che tu abbia preso uno dei suoi bambini...»

Mentre parlava, Sciacallo aveva preso a girare intorno alla botola. Il suo sguardo cercava di infilarsi tra Baloon e il muro per vedere se c'era qualcuno in fondo alla tana.

«Ma tu ce l'hai o no questo bambino?» disse, strascicando le vocali. «No, perché se ce l'hai è meglio darglielo. Sai com'è fatto Shirkan. Il suo bastone picchia duro.»

Pino si era piegato verso Baloon, il suo corpo magro si era fatto ancora più sottile. «E poi che te ne fai tu di un bambino?»

Sembrava di gomma, una specie di cicca masticata: si tirava e si allungava da tutte le parti. Mentre il resto del corpo restava sul bordo della botola, la testa e il collo cercavano di infilarsi e di guardare giù.

Baloon occupava però tutta l'imboccatura e impediva a Pino di sbirciare.

«Shirkan ha promesso una bella ricompensa a chi glielo riporterà. Allora, ce l'hai? Il bambino ce l'hai?»

«Ma quale bambino?» disse Baloon, spingendo Sciacallo fuori dalla botola. «Io non ho nessun bambino! E vieni a svegliarmi per questo? Ma lasciami in pace!»

Baloon stava già richiudendo la botola per tornarsene giù quando Muli si svegliò e si guardò attorno. Penetrava dal fondo una luce grigiastra, e Baloon non c'era. Provò a chiamarlo.

«Baloon! Baloon!» La sua voce riempì la piccola galleria e poi salì verso l'alto, finendo dritto nelle orecchie di Sciacallo.

«Mi sbaglio o qualcuno ti sta chiamando?»

Muli, cercando Baloon, si era intanto avvicinato al fondo della botola, pronto a risalire in direzione della luce che cadeva dall'alto.

Rapida, la testa di Pino s'infilò nella botola. Eccolo là, il bambino: maglia rossa, capelli neri...

«È lui!» gridò. «Dai, dammelo... lo porto da Shirkan... Ci vado io e poi ti do una parte della ricompensa... la metà... va bene? Ti va bene la metà?»

Baloon afferrò Pino per il collo e lo strinse forte.

«Dimenticati d'averlo visto!» disse, guardandolo dritto negli occhi. «Una sola parola e sei spacciato. E adesso vattene! Sparisci!»

«Vado, vado» disse Sciacallo massaggiandosi il collo. «Ma attento, stai facendo una sciocchezza!»

Baloon lo guardò allontanarsi verso la stazione. Si muoveva con una certa fretta: incespicava sui sassi, imprecava, borbottava e accelerava sempre più il passo.

Stava correndo. Sciacallo stava correndo ad avvisare Shirkan!

Baloon scese rapidamente dalla scaletta.

«Muli! Presto, dobbiamo andarcene di qui! Conosco Sciacallo, presto tornerà con Shirkan e gli altri!»

Muli lo guardò: nel fondo dei suoi occhi si fece

largo la paura. Baloon prese la sua sciarpa, il cappello, si mise in tasca un piccolo libro e la bottiglia vuota.

«Dobbiamo far perdere le nostre tracce» disse, avviandosi verso il fondo della galleria. «Ci allontaneremo da qui attraverso un percorso che conosco solo io. Vienimi dietro.»

Mentre lo seguiva ancora assonnato, Muli si chiedeva se era il caso di andar dietro a quell'uomo vecchio e curvo, che di spalle sembrava proprio un grosso orso. Per quanto tempo avrebbero potuto scappare? E dove?

5

Erano risaliti in superficie. Dopo aver camminato per un po', Baloon imboccò una galleria con l'ingresso ricoperto da una rigogliosa vegetazione. La percorsero fino in fondo: lì si apriva un sottopasso. Scesero. Si trovarono vicino a un canale: l'acqua era scura, non scorreva, sembrava ferma. Costeggiarono il margine fino ad arrivare a un muro di legno. Era una vecchia chiusa.

Baloon trovò subito degli appoggi. Sembrava che conoscesse bene quel muro. Con sorprendente agilità lo scavalcò e si lasciò cadere dall'altra parte. Anche per Muli non ci furono problemi: lui era abituato ad arrampicarsi.

Quando lo costringevano a rubare negli appartamenti, doveva arrampicarsi su per i balconi fino al terzo piano.

Muli arrivò in cima al muro. Davanti a lui c'era un enorme spiazzo in mezzo a vecchie fabbriche ormai abbandonate. L'intero spazio era pieno zeppo di bancarelle improvvisate; alcune erano coperte da teloni colorati tenuti su con pali e corde volanti.

Non c'erano solo bancarelle: certi venditori avevano steso per terra un telo o addirittura la propria giacca e se ne stavano lì, abbracciati a se stessi per il freddo, ad aspettare che qualcuno comprasse quello che avevano da vendere. C'era di tutto: montagne di vestiti usati, pezzi di mobili, pentole, giocattoli rotti, cannocchiali.

Tra i banchi la gente andava e veniva, si sentivano richiami in tutte le lingue, che sembravano quasi una musica. Muli rallentò e si fermò, come incantato dai suoni e dai colori. «Muoviti» disse Baloon. «Vieni, voglio presentarti una persona che ci potrà aiutare.»

Baloon si fece largo tra le bancarelle e puntò verso il centro del mercato. Muli lo seguì.

Ad un tratto comparve tra i tendoni una specie di baracca. Le sue pareti erano fatte di vecchie porte e finestre assemblate con pezzi di lamiera colorata, forse recuperate in qualche discarica e poi ritinteggiate. Tutt'intorno a segnare il perimetro correvano grossi cespugli di rosmarino. Baloon e Muli entrarono: al loro ingresso un pendaglio di conchiglie sospese sulla porta oscillò producendo un suono di risacca marina. Dentro, su una vecchia stufa bolliva un pentolone di minestra che appannava i vetri e mandava un forte odore di spezie.

C'erano tavoli e sedie, anche quelli piuttosto vecchi e sgangherati.

Su due grandi bidoni colorati era poggiata una lunga tavola che faceva da bancone. Sopra c'erano piatti, bicchieri, posate, e una grossa radio che mandava musica ad alto volume. Una tenda chiudeva uno spazio retrostante.

Quella baracca doveva essere un bar-osteria.

Niente lì dentro era nuovo, ma tutto era pulito, non c'era una macchia di unto o di sporco. Baloon si avvicinò al bancone.

«Baghera!» chiamò. «Baghera!»

Si sentì un rumore di passi al di là della tenda e fu come se per un istante tutto restasse sospeso: i tavoli e le sedie smisero di scricchiolare, le posate, i bicchieri si sistemarono meglio, perfino la zuppa smise di bollire.

La tenda si sollevò e apparve una gigantesca donna nera.

Una cascata di treccine legate sulla testa le ricadeva sul petto ampio come una collina; i fianchi sembravano montagne. Gli occhi brillavano profondi e scuri. Le labbra erano pane appena sfornato.

Baghera vide Baloon e il suo viso si rischiarò.

«Baghera amica mia!» disse Baloon, e poi, rivolgendosi a Muli:

«Eccola qui: ti presento la regina du marché.»

«Ciao, Baloon, quale vento ti porta da Baghera? Era un pezzo che non ti facevi vedere.»

La donna aveva la voce calda e graffiante. Quando parlava il suo corpo dondolava tutto: era come se dentro avesse una musica.

Posò lo sguardo su Muli.

«Trovato compagnia, Baloon?» disse fissando Muli negli occhi. «Chi è questo bambino? Bel bambino. È tuo parente?»

Sotto lo sguardo di Baghera, quasi senza accorgersene, Muli fece un passo di lato e si nascose dietro Baloon.

«No, Baghera, non è mio parente. Si chiama Muli, non è italiano. Ha bisogno di un posto dove stare.»

«E dov'è sua casa? Sua madre dov'è?» chiese Baghera.

«Non ha casa e non ha madre. Non è una storia semplice. Qualcuno lo ha comprato, e adesso lo stanno cercando… e non può restare con me. Baghera, tu aiuti tanta gente…» Mentre parlava, Baloon inclinò la testa di lato, le mani giunte, occhi e voce sempre più imploranti. Mancava solo che si inginocchiasse per dare più forza alla sua preghiera.

Baghera sollevò subito una mano.

«Fermati, Baloon...»

Ma Baloon non poteva fermarsi: doveva dirla tutta, la sua preghiera.

«Per favore, Baghera... questa tua baracca è come una casa per molte persone... qui tutti possono trovare un piatto caldo, un consiglio per ogni malanno, per...» Si asciugò la fronte col fazzoletto: non era più abituato a parlare così tanto.

«Insomma, io ho pensato subito che l'unica persona che poteva aiutarci sei tu, Baghera!»

La donna cominciò ad agitarsi. Quella richiesta la rendeva nervosa. Prese a camminare su e giù dietro il bancone.

«Fermati, Baloon, tu corri troppo... io rispetto te, tu sai, ma non puoi chiedere a me questo. Sembra storia complicata... È un bambino! Deve andare a scuola, io lavoro qui a bar da cinque di mattino a notte. Non volio guai, Baloon, finalmente ho permesso di soggiorno.»

Muli pensò che non c'era niente da fare, quella signora aveva ragione, la sua era una storia complicata. Nessuno avrebbe potuto aiutarlo, doveva arrangiarsi da solo, come sempre. Uscì dalla baracca, fece alcuni passi in mezzo ai banchi e si fermò. Venne urtato da una donna, poi da un uomo, poi da un altro: tutti sembravano avere molta fretta.

Muli rimase quasi immobile, si lasciò urtare senza spostarsi.

Intanto dentro il bar Baloon insisteva.

«Dai, Baghera, è solo per qualche giorno, tornerò a prenderlo, il ragazzo è in pericolo... Shirkan lo sta cercando e sa che sta con me...»

«Shirkan?» A sentire quel nome Baghera si girò di scatto e posò le mani sul bancone del bar. Le sue unghie laccate di rosso sembravano uncini piantati nel legno. Tutto il suo corpo era pronto a scattare.

«Hai detto Shirkan, quella vecchia tigre sciancata, quello sfruttatore di bambini? No, Baloon, ho detto no volio guai! E quando c'è Shirkan guai arivano sicuro, e si attacano a collo... come leoni su gazzelle.»

Allungò una mano e la posò sulla spalla di Baloon. «No, niente da fare, non posso... davvero. Torna più tardi, minestra è pronta... io metto in tua minestra cardamomo, cardamomo porta consiglio, vedrai.»

Baloon guardò Baghera negli occhi e capì che non c'era niente da fare. Salutò e uscì.

S'incamminò per il mercato, scuro in volto: doveva trovare un'altra soluzione. Fatti pochi passi Muli gli fu accanto, mise la mano in tasca e tirò fuori un portafoglio.

«Tieni» disse. «Vedi, possiamo farcela anche da soli, non c'è bisogno che provi vendermi a quella specie... di pantera.»

Baloon prese il portafoglio dalla mano di Muli.

«E questo dove l'hai preso?»

Muli si gonfiò come un pavone che fa la ruota.

«Ti ho detto ero the best, il miliore a banda di Shirkan. Sono vilocissimo a rubare.» Un sibilo nell'aria e uno schiaffo arrivò sulla guancia di Muli.

«Ma che fai? Ho preso per te!»

«Riporta subito indietro questo portafoglio!»

«Sei pazzo! Ci sono soldi. Possiamo comprare mangiare per un settimana» disse Muli, senza capire.

«Riportalo subito al proprietario» insisté Baloon.

«Ma perché? Senti, io posso prendere di questi uno a giorno. O anche solo quando che finiscono soldi. Posso stare con te, troviamo baracca grande, io aiuto te a lavare vestiti, e tu aiuti me. Ma no devi dare botte.»

«Riportalo subito, ho detto, altrimenti fa' conto di non avermi mai incontrato» disse Baloon.

«Tu sei mato. Quello è già andato! Ma dove trovo?»

Restarono fermi, Baloon con il braccio teso verso Muli e il portafoglio in mano, e Muli che gli voltava le spalle con la faccia ingrugnita.

Quel vecchio non capiva: proprio a lui doveva capitare il più stupido di tutti?

Lui non voleva rubare come faceva con Shirkan, solo un portafoglio ogni tanto, per comprare quello che serviva.

Scosse la testa: improvvisamente si era rabbuiato. Il solo fatto di pensare a Shirkan l'aveva fatto ripiombare in pensieri cupi.

Allora si girò, prese il portafoglio dalle mani di Baloon e di malavoglia si avviò in cerca dell'uomo a cui l'aveva rubato.

«Vedrai che ci guadagni anche una bella ricompensa!» gli urlò Baloon mentre si allontanava.

Non era facile, il mercato era pieno di gente. Muli doveva trovare un uomo con la giacca a righe blu e i capelli un po' lunghi.

Di colpo gli sembrava che nel mercato non ci fossero che giacche a righe blu. Quando si avvicinava però si accorgeva che non era l'uomo che cercava. Stava per arrendersi quando vide un uomo che beveva a una fontanella: i capelli gli cadevano sul viso e indossava una giacca a righe blu. Era lui!

Muli si avvicinò tremante.

«Signore… Signore» disse, porgendogli il portafoglio. «Perso questo…»

«Signore?» L'uomo si girò e parlò come se avesse ricevuto un insulto. «Ma cosa dici? Ehi… ma quello è il mio portafoglio, bastardo, me l'hai rubato!»

«No signore, è caduto, io… trovato.»

L'uomo l'afferrò per un braccio.

«Aspetta, aspetta vieni qui, fatti vedere, ma tu… tu devi essere… il bastardo scappato dalla banda di Shirkan… Sì, maglia rossa, faccia d'angelo, sei proprio tu! Vieni qui!»

Muli con un guizzo si divincolò dalla stretta e indietreggiò fissando l'uomo che avanzava verso di lui come un gatto quando si avvicina al topo.

«Shirkan ha promesso una bella ricompensa per chi ti riporta da lui… Vieni qua!»

L'uomo si lanciò in avanti per riacciuffarlo, ma Muli era già schizzato via.

Di corsa, senza girarsi indietro, scavalcò i banchetti, urtò la gente, superò in corsa Baloon.

«Presto, scappiamo, mi hanno riconosciuto!»

Baloon d'impulso si mise a correre, ma si fermò subito. Muli era scomparso nel labirinto del mercato. Tese il collo per cercarlo, ma il ragazzo era più basso della gente che affollava il piazzale. Allora cominciò a chiamarlo, chinandosi e facendosi largo tra la calca, come se stesse cercando una gallina. Niente da fare: l'aveva perso.

6

Baloon sembrava una trottola impazzita: si muoveva senza un senso preciso, sudava, ansimava. D'improvviso rivide Muli vicino al muraglione della ferrovia.

«Muli... Muli...» gridò Baloon. «Aspettami!» Muli sentì il richiamo e si fermò. Baloon lo raggiunse e si appoggiò al muro, senza più fiato.

«Ti avevo detto di no portare indietro portafolio!» disse Muli, disperato. «Hai visto cosa ha successo? Mi ha dato bela ricompensa!»

«Certe cose si fanno perché è giusto farle, non per avere una ricompensa!» rispose Baloon con un filo di voce.

«Sì, tu ha sempre bele parole, ma guarda, stiamo currendo come cunigli. Scapiamo, no è possibile fermare, Shirkan arriverà!»

«Aspetta... aspetta» disse Baloon. «Fermati, non possiamo continuare a scappare così. Dobbiamo andarcene di nascosto, altrimenti faranno presto a ritrovarci. Aspettami qui. Vado a vedere se la strada è libera: pochi metri più avanti c'è un passaggio che porta sul ponte nuovo, passeremo da lì, ci muoveremo al coperto.»

Baloon costeggiò il muraglione, ma appena svoltato l'angolo vide Shirkan e Tabacco proprio all'imbocco dell'arco che portava al ponte nuovo.

I due erano seduti di tre quarti e fumavano una sigaretta dandogli le spalle. Sembrava che lo stessero aspettando al varco.

Baloon si appiattì contro il muraglione, fece per tornare indietro ma gli arrivò in faccia un pugno violento che lo fece barcollare, perse l'equilibrio, un altro pugno lo colpì e poi ancora un altro.

Cadde a terra, con un fuoco nello stomaco: tutto cominciò a girare, il sangue gli colava dal sopracciglio, la vista gli si annebbiava.

Dalla sua postazione Muli vide Buldeo colpire Baloon. Restò per un attimo immobile: non sapeva cosa fare. A chi chiedere aiuto?

Un pensiero gli attraversò la mente come un lampo. Si girò e puntò di corsa verso il centro del mercato.

Buldeo intanto, aiutato da Tabacco, aveva sollevato Baloon e insieme lo tenevano fermo per le braccia. Baloon vide Shirkan che si avvicinava, faceva roteare il bastone, pronto a colpire. La prima bastonata gli arrivò su una gamba. Baloon si piegò per il dolore, poi alzò la testa e guardò Shirkan negli occhi. Per un attimo in quello sguardo affilato gli sembrò di vedere una piccola sofferenza, come se Shirkan fosse quasi costretto ad essere quello che era. Lo immaginò bambino, pensò che forse la vita non era stata generosa nemmeno con lui, ma proprio in quel momento gli arrivò la seconda bastonata, accompagnata dalla voce rauca di Shirkan.

«Dov'è mio bambino? Ridammelo o te ne pentirai.»

«Shirkan, quel bambino non è tuo! Lascialo andare!» rispose Baloon con le poche forze che gli erano rimaste.

Come una freccia scagliata da un arco, Muli piombò dritto contro il corpo di Buldeo tempestandolo di pugni. Subito Buldeo lasciò andare Baloon e afferrò Muli con tutt'e due le braccia. Muli scalciava, si divincolava; anche Tabacco si avventò su di lui. Insieme lo afferrarono per le braccia, poi per le spalle. Muli sgusciava come un'anguilla, ma alla fine, stanco, cedette e i due riuscirono a tenerlo fermo.

«Lo abbiamo preso Shirkan!»

Shirkan si avvicinò a Muli, roteando il bastone tra le mani.

Di colpo si era creato uno strano silenzio rotto soltanto dai respiri affannati di Muli che continuava a scalciare.

Shirkan avanzava lento verso di lui con occhi di ghiaccio.

D'improvviso una voce rauca cadde dall'alto:

«Shirkan, lascia stare quel bambino!»

Tutti alzarono la testa e videro Baghera.

Era in cima al muraglione della ferrovia. Aveva i capelli scompigliati per la corsa, le sue narici fremevano, le labbra si sollevavano nel respiro e scoprivano denti che sembravano bianche zanne pronte a colpire. Shirkan si fermò sorpreso. Poi fece alcuni passi zoppicanti puntando verso di lei il bastone come un lungo dito minaccioso.

«Stai fuori da questa storia, Baghera» urlò. «Questo bambino è solo guai per te!»

«Shirkan… la Tigre… dov'è tua forza?» rispose lei. «Tutto tuo coraggio è comprare e vendere bambini?»

Muli continuava a scalciare come un mulo imbizzarrito, ma Buldeo e Tabacco lo tenevano stretto.

D'un tratto avvertirono alle loro spalle come

un'ombra. Si girarono: e dietro di loro c'era più che un'ombra.

Videro stagliarsi un nero gigantesco, alto più di due metri. Era Ndugu, un ex pugile amico di Baghera, che si guadagnava da vivere facendo piccoli traslochi e scaricando merce ai mercati generali. Non era solo, vicino a lui c'era Lin Ci, un cinese, lanciatore di coltelli. Si diceva che Lin Ci fosse capace di colpire un uccello in volo. Basso, nervoso, si muoveva a scatti, velocissimo. Aveva tra le mani un coltello che sembrava voler schizzare via da un momento all'altro.

I due presero a camminare verso Tabacco e Buldeo, che si erano immobilizzati, incerti sul da farsi. Ndugu invece non ebbe dubbi: con un solo passo fu sopra di loro, li agguantò per il collo, li sollevò di peso e cominciò a scuoterli finché non lasciarono andare Muli.

«Non t'impicciare, Baghera... io comprato quel bambino» urlò rabbioso Shirkan.

«Uomini no si comprano, Shirkan, no è merce che compri a mercato!» replicò Baghera.

«Io pagato questo bambino!» insisté Shirkan. «Pagato, dato soldi! Questo bambino è mio!» urlò con la schiuma alla bocca.

«E allora... io pago per sua libertà!» gridò

Baghera. «Secondo legge di nostra giungla!» E lanciò davanti ai piedi di Shirkan un rotolo di soldi legati con uno spago. Non appena il mazzetto di banconote toccò terra si sentì un sibilo nell'aria e la lama di Lin Ci conficcò i soldi nel terreno.

Per un attimo tutti si immobilizzarono.

«Guarda quei soldi, Shirkan» continuò Baghera «c'è voluto tanto lavoro a mettere insieme quei soldi. Lavoro... Shirkan, sai cosa vuol dire?»

«No voglio tuoi soldi! Io voglio il ragazzo!» ringhiò Shirkan.

«Prendi i soldi, Shirkan...» ruggì Baghera. «Prendi i soldi e sparisci, no ti voglio vedere mai più.»

«Prendiamo i soldi, Shirkan» suggerì Tabacco, «con quei soldi compreremo altri bambini.»

«Ma io voglio quel bambino!» disse Shirkan. «Nessuno può scappare da branco di Shirkan.»

«Allora adeso verrò giù e ci azzanneremo come bestie feroci. È questo chi vuoi? Shirkan, senti me, se tieni a tua vita prendi i soldi e sparisci» gridò Baghera.

Silenzio. Shirkan si guardò intorno. Vide Ndugu che teneva per il collo Tabacco e Buldeo come fossero due cani al guinzaglio.

Poi guardò Lin Ci: reggeva in mano un altro coltello pronto a partire. Guardò Baghera, tesa in ogni muscolo, pronta a lanciarsi su di lui. Allora Shirkan si chinò, sfilò il coltello, prese i soldi e li mise in tasca. Prima di andarsene, però, lanciò a Muli un'occhiata rabbiosa, che minacciava vendetta. Ndugu gettò a terra Tabacco e Buldeo. I due si alzarono, e con le orecchie basse si affrettarono a raggiungere Shirkan.

7

Baghera, Ndugu, Lin Ci e Muli restarono a guardare i tre che si allontanavano, poi, richiamati da un lamento, si voltarono e videro che Baloon era ancora a terra. Perdeva sangue da un sopracciglio. Lo aiutarono a rialzarsi e insieme tornarono al bar.

Appena furono entrati, Baghera fece sedere Baloon. Lin Ci andò in cucina e un attimo dopo ne uscì con una manciata di aglio tritato. Si avvicinò a Baloon per tamponare la ferita.

«Lin Ci, che fai?» disse Baloon. «Mi hai preso per un'anatra pechinese da spalmare di aglio e rosolare?»

«Questa è medicina cinese, aglio tutto pulisce» rispose Lin Ci.

«Io preferirei dell'acqua ossigenata, e un cerotto, se c'è» disse Baloon.

«Tu non capile. Celotto cople felita, no gualisce» osservò Lin Ci contrariato, e scomparve di nuovo in cucina a cercare acqua ossigenata e cerotti.

Baghera intanto si occupava della minestra. Quando si era precipitata ad aiutare Baloon l'aveva dimenticata sulla stufa e ora era quasi bruciata.

Prese una pentola pulita, ci versò la minestra salvata, aggiunse acqua e spezie, mescolò energicamente il tutto e la rimise sulla stufa per ultimare la cottura.

«Prendete piatti, minestra è pronta» disse ad alta voce per quelli che erano nel bar. «Oggi offre Baghera. Tanto non ho più un soldo!»

Ci fu un applauso, si apparecchiò in fretta e tutti consumarono il loro piatto di minestra e bevvero un bicchiere di vino.

La radio mandava una musica ad alto volume; qualcuno si mise a cantare.

Mentre mangiava la sua zuppa seduto tra Baloon e Baghera, Muli provò una strana sensazione. Si ricordò di certe sere d'estate, tanto tempo prima, al suo paese, quando c'erano ancora i suoi genitori.

Mangiò lentamente per godersi quell'atmosfera di festa, ma sentiva le palpebre diventare sempre più pesanti. Era stanco.

In un solo giorno erano cambiate tante cose. Gli si mescolavano in testa i passaggi segreti di Baloon, l'incontro con Baghera, il coltello volante di Lin Ci.

L'ultima immagine che si affacciò alla sua mente

prima di addormentarsi tra le voci e il profumo della minestra fu quella di Tabacco e Buldeo che si allontanavano come cani bastonati.

Baghera sentì la testa di Muli che le si appoggiava sul fianco, e già il suo braccio voleva farsi cuscino.

"No! No!" pensò. "Non devo affezionarmi troppo a questo bambino."

«Io dovevo sapere» disse, rivolgendosi a Baloon. «Dovevo capire quando ti ho visto questa mattina che mi mettevi in un guaio!» E indicando Muli che ormai dormiva profondamente, aggiunse: «Non pensare che adesso io tengo lui qui.»

«Non ti preoccupare, a lui ci penserò io» disse Baloon mentre si massaggiava il bozzo della ferita. «Verrò tutti i giorni e gli insegnerò a leggere, a scrivere, a far di conto. Imparerà i segreti e le leggi di questa giungla» e rivolse a Baghera un sorriso di complicità. «Basterà che tu gli dia un posto per dormire, un piatto di minestra calda. Una casa insomma.»

«Baloon, senti bene quello che ti dico, terrò qui questo cucciolo d'uomo solo per questa notte» ribatté Baghera con tono deciso.

Muli si rannicchiò sulle gambe morbide di Baghera, avvolto da un buon profumo di miele selvatico.

Lei lo guardò: era proprio un cucciolo d'uomo.

«Una settimana» disse, «al massimo una settimana!»

«Una sola settimana?» chiese Baloon.

Nel sonno la mano di Muli incontrò quella di Baghera e la strinse.

«Un mese, non più di un mese, ricordatelo!» ringhiò Baghera. Ma era un ringhio che non faceva paura.

8

Il mese passò in fretta e Muli nemmeno se ne accorse. Gli sembrava di essere sempre vissuto lì. Anche Baghera finse di non notare che un mese era passato. Quando Baloon li veniva a trovare, il che accadeva quasi ogni giorno, i due si scambiavano un sorriso come a dire "lo sappiamo bene che il tempo è scaduto".

Il bar di Baghera era come un faro nella notte, come un fiore spuntato nel deserto, e non soltanto per Muli. Ogni giorno un gran viavai di gente e per tutti c'era un piatto di minestra calda, qualcosa da bere, una parola gentile, e se non avevi soldi per pagare, be', avresti pagato il giorno dopo.

Baghera prendeva nota su un vecchio quaderno, e prima o poi tutti pagavano. Del resto nessuno voleva che il bar venisse chiuso.

Seduti a quei tavolini sgangherati c'erano uomini che avevano attraversato il mare per venire a cercare lavoro, ex operai che avevano lavorato nelle fabbriche ormai chiuse che circondavano lo spiazzo del mercato. Nei giorni di festa tutti arrivavano al bar vestiti con gli abiti migliori, ma dopo pranzo calava una malinconia che li rendeva un po' tristi. E allora accadeva che bevendo un tè alla menta o un caffè alla turca o un bicchierino di rosolio siciliano qualcuno cominciasse a raccontare del suo Paese, di come era stato lungo e duro il viaggio che lo aveva portato fin lì, e della voglia che aveva di tornare. Subito allora un altro raccontava di un amore lontano, qualcuno intonava una canzone, un altro diceva di un piccolo incidente sul lavoro e in pochi istanti l'atmosfera del bar cambiava, qualcuno scattava in piedi e con la radiolina ancora attaccata all'orecchio gridava il risultato di una partita di calcio, e un altro diceva:

«Baghera quando compri televisione?»

«Quando pagate vostro conto!» rispondeva lei ridendo.

Al bar di Baghera non ti sentivi mai solo e se qualcuno entrava con la faccia scura quasi sempre ne usciva con un sorriso.

Da quando c'era Muli, poi, al bar si respirava un'aria nuova.

Il primo giorno si era guardato intorno, cercando qualcosa da fare: ma i vetri erano pulitissimi, i ripiani della cucina in ordine. Allora si era seduto a pensare e si era accorto che la sedia dondolava, l'aveva capovolta e aveva visto che era schiodata: mancava anche il piolo che teneva insieme le due gambe. Si ricordò di suo nonno falegname, e di un se stesso piccolo che giocava nella sua bottega e lo guardava lavorare. Il nonno gli dava il martello e gli insegnava come battere i chiodi con due colpi secchi, senza farli curvare: tante volte si era schiacciato le dita. Chiese subito a Baghera un martello e dei chiodi, si mise al lavoro, e dopo un po' la sedia non traballava più.

Allora prese ad aggiustare anche gli altri tavoli e le altre sedie. Batteva, incollava, legava, avvitava. In due giorni aveva sistemato tutto: sarebbe stato bello, a quel punto, ridare un po' di colore agli arredi.

Un vecchio imbianchino che veniva al bar gli procurò degli avanzi di vernice, tutti diversi, ma di colori vivaci. Muli si alzò all'alba per verniciare.

Quel giorno i clienti del bar mangiarono in piedi, perché su ogni sedia c'era scritto "vernisse freska". Qualcuno, distratto, o meno pronto nella lettura, se ne tornò al mercato con i pantaloni a strisce verdi o blu.

Muli lavorava sodo, ma il lavoro non gli pesava.

A volte andava con Ndugu molto presto ai mercati generali e dava una mano a scaricare qualche camion: quando aveva finito gli regalavano frutta e verdura che lui portava al bar. Se il peso era troppo utilizzava un piccolo carrello da trasporto che aveva costruito con i resti di un passeggino abbandonato.

Non viveva più con la paura di essere picchiato, non doveva nascondersi, diventare invisibile. Per strada molti lo chiamavano per nome e lo salutavano, come quando era al suo paese.

Il suo lavoro non arrecava più danno ad altri: lavorare significava portare a termine un compito e lui nel farlo si sentiva orgoglioso, contento.

Baloon veniva tutte le sere e gli insegnava a leggere, a scrivere, a far di conto. A Muli piaceva quando Baloon portava dei libri e li leggeva ad alta voce. Anche Baghera si fermava ad ascoltare quelle storie e a volte anche Lin Ci. L'ultimo libro che aveva portato raccontava la storia di un ragazzo che si chiamava Oliver Twist. Veniva catturato con altri ragazzi da una banda di ladri guidata da un vecchio che li costringeva a rubare, proprio come Shirkan.

Quella storia finiva bene. A Muli piaceva pensare che anche per lui sarebbe andata così, che sarebbe andato a scuola, avrebbe avuto una casa, e poi una moglie e dei figli. Un'altra vita, insomma. Un'altra vita che forse per Muli era cominciata.

9

Un giorno Muli aveva quasi finito di apparecchiare i tavoli per il pranzo quando sentì un vociare e delle grida provenire dal mercato. Si affacciò sulla porta del bar e vide una specie di palla fatta di stracci che correva forte, inseguita da una muta di cani rabbiosi che volevano prenderla a tutti i costi.

Mise bene a fuoco la scena e si rese conto che quella palla di stracci altro non era che un bambino di non più di sette anni: era velocissimo, sfrecciava in mezzo alla gente senza quasi toccarla.

Era inseguito da un gruppo di adulti che urtavano nella corsa banchi e persone e urlavano come se la voce potesse raggiungere il piccoletto e catturarlo.

Il bambino, arrivato vicino al bar, andò verso un banco di frutta e verdura e puntò dritto contro una pila di cassette vuote, facendole cadere rumorosamente. Nella confusione si infilò sotto il telone che copriva i fianchi della bancarella, sparendo così alla vista. Nessuno tranne Muli si era accorto di quel nascondiglio.

Per un attimo gli occhi disperati del bambino incrociarono quelli di Muli. Il gruppo degli inseguitori intanto si guardava intorno, setacciando con lo sguardo ogni angolo.

Muli era rientrato in fretta, quasi fosse lui il bambino cercato: in un attimo si era rivisto nella galleria, inseguito da Tabacco, fino all'istante in cui aveva urtato contro il corpo morbido di Baloon.

Servì ai tavoli veloce e cortese come sempre, ma non sorrideva mentre portava ai clienti i piatti. Rovesciò un piatto di minestra e ruppe anche un bicchiere.

Non smetteva di pensare a quel bambino, rivedeva quegli occhi spaventati che cercavano un rifugio. Ripensava alle tante volte che dopo un furto era dovuto scappare e si era nascosto con le orecchie tese e il cuore che batteva forte in gola.

Aveva aspettato di non sentire più il rumore dei passi lanciati all'inseguimento, e in quell'improvviso silenzio, invece di provare gioia, si era sentito davvero solo.

Aveva pianto e desiderato che i suoi inseguitori

fossero stati più veloci, che lo avessero catturato. O che qualcuno fosse arrivato ad asciugargli le lacrime e riportarlo a casa. Ma non c'era nessuna casa, fuori di lì c'era solo giungla, dove il più forte mangia il più debole.

Ripensò ai suoi amici, li vide sdraiati per terra negli stanzoni della vecchia fabbrica, ripensò a Nina. Da quando lui non c'era più, chi l'aiutava a raggiungere la quota di soldi giornaliera? Di sicuro Shirkan la picchiava.

Nei giorni che seguirono questi pensieri si insinuavano nella sua testa: quando lavorava lo lasciavano in pace, ma la sera, quando gli ultimi clienti se ne andavano via e nel bar calava il silenzio, si ripresentavano, sempre gli stessi, e non gli davano tregua.

10

Era giorno di mercato. Muli si alzò presto, controllò in cucina la dispensa, fece la lista di tutto quello che bisognava comperare e uscì.

Era una giornata fredda ma limpida, il cielo era azzurro come poche volte lo si vedeva. L'aria fresca gli entrava nel naso e andava a svegliare ogni parte del suo corpo. Camminava saltellando: si sentiva contento.

Salutò i venditori che sistemavano la merce sul banco, si fermò a dare una mano per scaricare alcune cassette, gli diedero una mela e proseguì.

Il mercato intanto si riempiva di gente.

Baghera aveva un fornitore fisso: si chiamava Hazim. Era stato Muli a trovarlo, e arrivando al mercato quella mattina ripensò a come si erano conosciuti. Quel giorno in mezzo alle grida dei venditori Muli aveva sentito una voce parlare nella lingua del suo Paese e quel suono gli era arrivato dritto al cuore. L'aveva seguito ed era arrivato alla bancarella di Hazim.

Lo aveva salutato nella sua lingua e aveva comprato un tipo di rapa che si usava dalle sue parti per fare una buonissima minestra con lo yogurt.

Hazim veniva da un villaggio vicino al suo. Muli avrebbe voluto restare lì a fare cento domande, ma Hazim doveva lavorare. Muli allora l'aveva invitato, una volta finito il mercato, a mangiare un piatto di minestra.

Qualche ora dopo erano seduti al bar a parlare dei loro villaggi, della gente che li abitava, di quella luce particolare che aveva il sole all'alba quando l'aria era ancora fredda.

Quella sera Muli aveva preparato la zuppa con le rape, e mentre la mangiava con Baloon e Baghera non smetteva di parlare del suo Paese. Raccontò del cielo grande e pieno di stelle. Si mise anche a cantare una canzone triste, che fece diventare lucidi gli occhi di Baloon.

11

Quella mattina Muli camminava spedito verso il banco della frutta di Hazim. Baghera aveva fatto un accordo con Hazim: lei gli avrebbe dato da mangiare e da bere e lui avrebbe fornito la verdura e la frutta per il bar; alla fine del mese poi avrebbero pareggiato i conti.

Quando Muli arrivò c'era intorno al banco molta gente che comprava.

«Hazim!!» Muli chiamò dal fondo, forte, per farsi sentire.

«Vieni, Muli» disse Hazim, «passa dietro!»

Muli chiese permesso, si fece largo fra la gente e raggiunse il retro del banco. Tre persone aiutavano Hazim, prendevano la frutta e la verdura dalle cassette e la mettevano nei sacchetti, poi tornavano dai clienti, e poi ancora alle cassette e poi dai clienti. Muli li guardava affascinato: sembrava che ognuno di loro avesse un percorso da compiere e dei gesti da fare che dovevano incastrarsi perfettamente con i percorsi e i gesti degli altri.

Durante gli spostamenti non si scontravano mai: sembrava una danza, o il movimento di uno sciame di api intorno all'alveare. Gli sarebbe piaciuto lavorare con Hazim.

«Vai, Muli, serviti da solo» disse Hazim, «pesa tutto e scrivi su biglietto cosa prendi.»

«Va bene» rispose Muli, estrasse la lista che gli aveva dato Baghera e si infilò tra gli altri venditori, anche lui a prendere e mettere nei sacchetti quello che gli serviva.

«Patata, zuchini, peperoni, pomodori, zuca, cipole...» La cassetta delle cipolle era vuota.

«Hazim dove sono cipole?»

«Sono su camion» rispose Hazim. Muli andò verso il camion e si arrampicò, cercò tra le cassette preparate per rifornire il banco, spostò altre cassette, ma le cipolle non c'erano. Stava per tornare da Hazim, quando sentì di fianco al camion una voce rauca.

«Ecco questo è suo camion» diceva la voce, «lui si chiama Hazim, è amico di ragazzo, ma no sembra persona chi trova accordo co noi.»

«Mai dire questo. Si soldi no basta, forse paura

di vedere suo camion chi brucia convince Hazim a portarci ragazzo.»

Muli conosceva bene quelle voci. Slegò il telone che copriva il cassone del camion e spiando cauto da una piccola feritoia vide che non si era sbagliato: lì fuori c'erano proprio Tabacco e Buldeo.

Dunque sapevano che lui conosceva Hazim: qualcuno lo spiava!

I due si aggiravano furtivi tra le cassette di frutta e guardavano il camion con facce livide d'invidia. Si arrampicarono per sbirciare attraverso i vetri dentro la cabina, poi si spostarono sul retro.

Muli si appiattì dietro le cassette. Dal taglio del telone ormai non li vedeva più, ma tra la gente scorse un uomo di spalle: aveva i capelli raccolti in un codino e un cappotto scuro di finta pelliccia tigrata.

Era Shirkan.

Muli lo vide avvicinarsi al banco e parlare con Hazim. I suoi occhi erano due feritoie e analizzavano ogni corpo in movimento.

Intanto Buldeo aveva poggiato le mani e una gamba sul pianale e stava per salire sul camion.

«To', prendi mia sacca» disse Tabacco porgendogli la borsa. «Portiamo via un po' di frutta a nostro amico Hazim, tanto lui ha soldi.»

Muli, barricato dietro le cassette, teneva d'occhio Buldeo e insieme controllava se il telone slacciato consentisse una possibilità di fuga.

A un tratto si sentì un fischio, poi la voce di Hazim: «Ehi amico, vieni giù, che vuoi da mio camion?»

«No te preoccupi, lavorano con me.» La voce di Shirkan. Era molto vicino. «Noi solo guardare tuo belissimo camion. Dove tu comprato? È grande, tu può caricare molta roba. Io volio fare affari con te!»

«Io sto bene così, no voglio fare affari con nessuno» rispose Hazim. «E adesso scusate, ho tanta gente al banco, ho da lavorare.»

«Ehi amico, è meglio che tu pensa prima di parlare. Mio nome è Shirkan! Ricorda questo nome, tornerò. Intanto salutami Muli. È tuo amico, no?

Digli che la Tigre pensa a lui... diglielo!»

Dalla feritoia Muli intravvide Shirkan che facendo perno sul suo bastone si girava di scatto e si incamminava, seguito dai suoi compari.

Quando furono spariti tra la folla del mercato, Muli uscì dal suo nascondiglio. Era bianco, sudato; le gambe gli tremavano.

«Hai visto, Muli?» disse Hazim. «Abbiamo avuto visite. Che hai, tu sembra fantasma. Sta' tranquillo!»

«Hazim, devo andare, ho fatto tardi. Baghera mi aspetta, si arrabbierà.»

«Muli, ma tu no prendi spesa?»

«Ah sì, spesa, grazie, ci vediamo a bar quando finito mercato. Ciao, grazie!»

12

Muli aveva una gran voglia di mettersi a correrre per raggiungere al più presto il bar di Baghera, ma teneva a freno le gambe e cercava di camminare in modo normale: non voleva dare nell'occhio. Si guardò intorno per vedere se qualcuno lo stesse seguendo.

A un tratto sentì gridare il suo nome.

«Muli! Muli!»

Non si voltò, aumentò il passo senza mettersi a correre: non riconosceva quella voce. Poi sentì correre dietro di lui. Allora accelerò ancora. La voce adesso era più vicina.

«Muli, fermati, ma dove corri?»

Si sentì toccare sul braccio da qualcosa di piumoso che si agitava, sbatteva e lo artigliava. Muli gridò, agitò le mani e le braccia nel tentativo di togliersi di dosso quella roba, ma più si agitava più quella cosa schiamazzava. Si ritrovò a terra con i sacchetti rovesciati e la verdura sparsa tutt'intorno, e in mezzo alla verdura una gallina.

Aveva le zampe legate, sbatteva le ali e gridava coo, coo, coo.

Intorno a Muli un gruppo di persone rideva.

«Ma non sentivi che ti chiamavo? Dove stai correndo?»

Mimmo, il venditore di polli, con il grembiule imbrattato di sangue, aveva raccolto la gallina e lo guardava.

«Io no sapevo...»

«Devi portarla a Baghera, vuole una gallina per il brodo, questa è perfetta.»

Muli raccolse le verdure che erano cadute, prese la gallina per le zampe e si avviò verso il bar.

Appena varcata la porta, la voce di Baghera lo assalì.

«Ma dove sei stato? Non vedi che è tardi? Devo fare brodo con quella, arriva operai e no abiamo niente pronto. Forza, vai cucina e aiuta Lin Ci.»

Muli andò in cucina, Lin Ci stava affettando le verdure: era così veloce che la lama quasi non si vedeva. Le fette di zucchina e di cipolla sembravano uscire dalle sue mani e disporsi leggere ad arte sul tagliere.

Muli guardava la gallina che stava in un angolo

a terra, ancora con le zampe legate, in attesa di essere uccisa e poi cucinata.

Anche lui era come quella gallina: in trappola. Era riuscito a fuggire, ma Shirkan prima o poi lo avrebbe ripreso, ce l'avrebbe fatta.

Baghera entrò in cucina. Aveva in mano un grosso coltello e avanzò verso la gallina, che di colpo si era immobilizzata. Emetteva solo dei lunghi e sommessi coooccooodè. Baghera si chinò e tagliò col coltello la corda che le teneva strette le zampe. La gallina fece un timido tentativo di fuga, ma Baghera con un gesto rapido l'afferrò per il collo, la sollevò e andò verso il tagliere. La gallina stava ferma: sembrava che ormai avesse accettato la sua sorte, finire in brodo.

Tanti anni prima Muli aveva già visto quella scena.

«Aspetta Baghera, non uccidere gallina» disse in fretta. «Possiamo fare allevamento.»

«Baghera si fermò con il coltello a mezz'aria.

«Mia nonna aveva galline, e poi anche vendeva. Possiamo fare anche qui.»

Baghera lo guardò.

«Muli, vuoi fare allevamento con una gallina? E poi questa è gallina vecchia, ci vuole ndogo cucu, piccola gallina. Come dice qui? Pulini?»

«Pulicini!» disse Lin Ci.

«Sì, pulicini! E poi pollaio è fuori di casa e qui ci sono cane randagio chi mangia galline» disse Baghera.

«Noi faciamo grande gabbia chiusa, io facio!» replicò Muli convinto.

Baghera lo guardò. Gli occhi di Muli già brillavano. E quando Baghera vedeva quel brillio finiva sempre per dire di sì.

«Va bene Muli, è buona idea, facciamo nostro pollaio.»

Calò di colpo il coltello e tranciò di netto la testa della gallina.

Un fiotto di sangue schizzò sul tagliere e la testa della gallina restò lì, con il becco aperto e gli occhi spalancati, come sorpresa.

Forse a sentir parlare di pollaio si era immaginata una nuova vita.

Lin Ci cominciò a spennare la gallina: le sue mani si muovevano veloci tra le piume, dando la sensazione che le stesse regalando le ultime carezze.

13

Solo due giorni dopo Muli si era già procurato tutto quello che serviva per costruire un pollaio. Corda, chiodi, rete metallica. Trovò alcune assi di legno in un cantiere dismesso. Armato di martello, cominciò a costruire la struttura della gabbia su cui attaccare la rete.

Era sul retro del bar a lavorare quando sentì una voce alle sue spalle.

«Eccolo qui, il nostro campione!»

Muli si girò spaventato. Era Pino lo Sciacallo.

Il corpo di Pino si era già piegato in un inchino, e i suoi occhi si erano piantati in quelli di Muli, come a volerlo ipnotizzare.

«Si parla molto di te in giro, sai?» gli soffiò nell'orecchio con voce bassa e suadente. «Mai nessuno era riuscito a sfuggire agli artigli di Shirkan... bravo!»

Il braccio di Pino intanto si era allungato e la mano si era posata sulla spalla di Muli. Il ragazzo si divincolò da quella presa appiccicosa e si rimise a battere con forza un chiodo.

«Da quando sei scappato, poi Shirkan è diventato così nervoso, cattivo. Uuu, sapessi... se la prende sempre con quella ragazza... come si chiama... Nina, vero? Dice che era tua amica!»

Da quanto tempo Muli non sentiva pronunciare quel nome. Nina, la sua amica. Nina che sorride. Nina che corre. Nina che sogna di tornare a casa. Nina che ha paura. Nina che piange in silenzio, di notte. Muli stringeva in pugno il martello e batteva sempre più forte.

«Anch'io sono tuo amico, sai?» continuò Sciacallo. «Per questo sono venuto fin qui, per avvisarti che Shirkan non ha nessuna intenzione di rinunciare a te.»

«E tu cosa ne sai?» disse Muli, scattando in piedi con il martello stretto in pugno.

«Calma, Muli, io non c'entro. Io lo so perché lui mi paga per tenerti d'occhio. Ha già un suo piano sai? Tornerà, oh se tornerà!»

Mentre ascoltava quelle parole, Muli sentiva tornare la vecchia paura, forte come un tempo.

La presa sul martello si allentò, le gambe si fecero più molli.

Sciacallo se ne accorse subito, e mentre Muli si

chinava per tornare al lavoro, anche lui si piegò a cercare ancora gli occhi di Muli.

«Uuu, Muli! Come mi dispiacerebbe vedere le tue tenere ossa spezzate... Un così bel ragazzo, sarebbe proprio un peccato...»

Sciacallo si rialzò: si muoveva con fare sicuro, come se la sua giacchetta sdrucita fosse diventata un elegante doppiopetto.

«Muli, ascolta... queste tue mani veloci sono sprecate a costruire pollai. Vuoi davvero restare tutta la vita a lavare piatti sporchi per Baghera?

«Mettiamoci in affari. C'è una fortuna nelle tue mani. Tu puoi prendere un portafoglio come e quando vuoi...poi lo porti a me... io, io, ci penso io!

«Noi due insieme potremmo essere dei gran signori... avanti, andiamo.»

Muli continuava a battere sul chiodo senza guardarlo.

«Ascolta, Muli, io... posso aiutarti a liberare Nina... Pensaci!»

Muli smise di battere. Si mise diritto, le braccia abbandonate lungo il corpo, il martello che penzolava dalla mano.

Pino lo Sciacallo capì che Muli era vicino alla resa. Gli si avvicinò, gli posò ancora una mano sulla spalla: c'era quasi. Ma proprio in quel momento dall'interno del bar si sentì chiamare:

«Muli! Muli!» Era Baghera che veniva a cercarlo.

Sciacallo sentendola arrivare sussultò, cercò subito con gli occhi una via di fuga, si avvicinò rapido a Muli e gli disse: «Adesso devo andare, ho un impegno, ma tornerò presto. Pensa a quello che ti ho detto, amico mio, pensaci!» E quatto quatto si dileguò.

14

Muli rientrò nella baracca: era agitato, aveva le guance in fiamme.

«Aiutame Muli, volio spostare tavuli, pulire un poco qui dietro» disse Baghera.

Muli non si mosse: rimase lì al centro del bar, con le mani nelle tasche dei pantaloni, il viso assorto.

«Ehi, sveglia, non ha dormito bene stanotte?»

Muli allora si ridestò, raggiunse Baghera e sollevò un lato del tavolo che lei stava spostando da sola. Poi andò a prendere un secchio, lo riempì d'acqua e con spazzola e sapone si mise a pulire la parete.

Nella testa gli correvano mille pensieri: avrebbe voluto dire a Baghera della visita di Sciacallo, e di quello che era successo alla bancarella di Hazim, ma la sola idea di raccontare a qualcuno di quegli incontri gli faceva battere il cuore per l'agitazione.

La tranquillità ritrovata negli ultimi mesi al bar

di Baghera era ormai volata via come un soffione nel vento. Il suo braccio strofinava con forza il muro per cancellare graffi e segni di pedate. Si chinò in basso a grattare le macchie di muffa che affioravano negli angoli, ma quando fece per alzarsi il suo piede urtò il secchio e l'acqua si rovesciò in cento rivoli sul pavimento.

Baghera scoppiò in una risata fragorosa.

«Ahi Muli... ah ah ah, che te succede, tu oggi sei come ubbriaco, ha bevuto birra?»

«Scusa Baghera, è che io... non...»

«Non te preoccupare, meglio, no? Laviamo bene tutto bar, torna come nuovo!»

Quella donna lo sorprendeva sempre: quando accadeva qualcosa che avrebbe dovuto farla arrabbiare, rideva. A volte invece diventava cupa senza una ragione, i suoi occhi perdevano luce, ma non durava mai molto.

Baghera accese la radio ad alto volume e dondolando i fianchi a tempo di musica, con stracci e spazzolone si mise a pulire il bar assieme a Muli.

Sollevarono panche, spostarono mobili: più pulivano più quello che ancora era sporco saltava agli occhi. Muli strofinava con forza, contento di tanto lavoro. Baghera cantava, e seguendo la sua voce i pensieri scuri non trovavano spazio. Muli avrebbe voluto non fermarsi mai, ripulire il mondo intero.

Quando arrivò Baloon era ormai quasi sera. Muli stava strofinando una grossa pentola: era riuscito a staccare lo strato di nero che rivestiva il fondo e il metallo stava tornando a brillare.

«Che succede?» disse Baloon. «Aspettate una visita dell'ufficio d'igiene?»

«Sì» disse Baghera. «Abbiamo fatto pulizia grande, ma adesso basta di pulire, Muli, sono stanca.»

«Ho quasi finito» disse Muli.

«Forza, cucciolo d'uomo, c'è un altro lavoro che ti aspetta, sono qui per la tua lezione di scrittura» disse Baloon.

«No, oggi sono tropo stanco, e poi, Baloon, ti ho detto non sono cucciolo.»

«Va bene, piccolo d'uomo, vuol dire che la prossima volta dovremo lavorare di più.»

«Sei stanco anche per mangiare? Non credo questo vero?» chiese Baghera mentre disponeva sul tavolo delle scodelle.

«Io no fame, prendo latte con pane» disse Muli.

Poco dopo erano seduti a tavola. Muli affondava lo sguardo nella sua scodella di latte, e mangiava in silenzio.

«Vado a dormire» disse quando ebbe finito di sparecchiare, «buonanotte.»

Muli si sdraiò sulla sua branda nel retrobottega. Una tenda a disegni africani divideva il piccolo spazio dove dormiva dal resto del bar.

Dall'altra parte Baghera e Baloon erano rimasti seduti al tavolo a bere un ultimo bicchiere di vino. Le loro voci stanche si mescolavano alla musica che la radio mandava a basso volume.

Tutto era tranquillo, ma Muli non riusciva a dormire.

Gli tornava alla mente l'incontro con Sciacallo; le sue parole gli ronzavano nella testa e gli avvelenavano l'anima.

Pensava a Nina, era certo che Shirkan la picchiava. Se fosse riuscito a portarla via... Insieme avrebbero potuto... magari anche rubando ogni tanto un portafoglio... Aveva promesso a Baloon che non l'avrebbe più fatto, ma forse un'eccezione si poteva fare, giusto per il tempo che serviva a trovare un lavoro vero.

Ripensava ai suoi compagni, li vedeva sdraiati a terra, di notte, su giacigli di fortuna, negli stanzoni della vecchia fabbrica abbandonata dove Shirkan aveva fatto la sua tana. Che cosa poteva fare per aiutarli?

Dalla piccola finestra penetrava nella stanza l'ombra dei cespugli che circondavano la baracca. Muli si addormentava spesso guardando quei disegni che oscillavano mossi dal vento, ma in quel momento le ombre erano cariche di pericoli.

"Un uomo non deve piangere mai" diceva sempre suo nonno. E lui gli rivolse una domanda disperata: Ma perché, perché un uomo non può piangere, nonno, se nel suo cuore tutto è pesante?

Si sentiva mancare il respiro, le lacrime salivano ma si fermavano sulle ciglia, come intrappolate. Allora si precipitò fuori scostando la tenda. Si appoggiò al tavolo; il cuore gli batteva forte, respirava come stesse arrivando da una lunga corsa.

«Che cos'hai, qualcosa ti tormenta?» gli chiese subito Baloon guardandolo in viso.

Allora le lacrime strabordarono dagli occhi e Muli cominciò a raccontare dell'incontro con Sciacallo e di Shirkan. Raccontò delle minacce, dei piani loschi, delle proposte ricevute.

«Lo sapevo» disse Baghera, battendo con forza un pugno sul tavolo. «Shirkan non cambierà mai! Non c'è da fidarsi di quel macellaio zoppo. Ma stai tranquillo, qui non verrà, lui ha paura di me. Ti assicuro che è tanto feroce quanto vigliacco...»

«Non è questo» disse Muli, «è che io non mi sento libero. Basta un attimo di silenzio e lui torna dentro mia testa... Non posso vivere mia vita nascosto, non posso sempre contare miei passi. Io volio fermare Shirkan, salvare Nina e i miei compagni, lui tiene nostra vita stretta in sue mani.»

«Quello che ti si agita dentro e non ti fa dormire si chiama coscienza» disse Baloon. «E quando si risveglia non ci lascia in pace fino a quando non facciamo quello che ci sembra giusto fare.»

15

Baghera fece scorrere lo sguardo dall'uomo al ragazzo. Poi cominciò:

«Ascolta Muli, volio raccontarti una storia. Un tempo vivevo a mio paese, mia familia era multo povera, ma io ero libera, mia voce era come canto. Qualcuno ascoltò mio canto e pensò di catturarmi.

«Uomini come Shirkan prepararono piano, dissero chi c'era per me lavoro in paese straniero. Io potevo guadagnare molti soldi, aiutare mia famiglia.

«Dicisi di partire e trappola scattò.

«Ero come chiusa in gabbia e no era pussibile scapare.

«Ogni sera lasciavano me su strada di periferia. Venduta e comprata, e anche picchiata, legata se mi ribellavo. Mia rabbia era ogni giorno più grande. Volevo mia libertà, pensavo cose pazze, ma poi dicevo aspetta Baghera, non è ancora tempo, devi essere sicura, non puoi sbaliare.

«Così aspettavo. Una notte però sentii che era arrivato momento.

«Mia rabbia diventò grande forza, feci a pezzi mia gabbia, tornai libera.

«Muli, anche tu devi aspettare, vedrai che arriva momento anche per te e tu avrai forza di affrontare Shirkan.»

La radio trasmetteva una musica come un dolce lamento.

Baghera si appoggiò al tavolo col viso tra le mani: di colpo sembrava stanca.

Baloon sollevò il bicchiere e si portò alle labbra ancora un goccio di vino, poi con gli occhi fissi al soffitto prese a declamare:

«... è più nobile all'animo sopportare gli oltraggi, i colpi dell'avversa fortuna, o prender l'armi e combattendo metter loro fine? Dormire, sognare forse, e metter fine alle infinite miserie?»

I suoi occhi ritornarono a fissare quelli di Muli.

«Baghera ha ragione» disse, posandogli una mano sulla spalla. «C'è un tempo per ogni cosa. Cerca di riposare, ora: a volte le soluzioni arrivano quando si smette di cercarle.»

16

Tutte quelle parole giravano come una giostra nella testa di Muli.

«Vollio di respirare boccata d'aria» disse. «Esco fuori di porta, solo per un poco.»

Richiuse la porta alle sue spalle e si sedette fuori, davanti alla baracca, sulla panca di fianco al grande cespuglio di rosmarino.

Guardò il cielo: aveva un riflesso luminescente, lattiginoso, e non c'erano stelle.

Infilò le mani nelle tasche dei pantaloni e si accorse di avere in tasca il coltello di Lin Ci.

Era proprio un bel coltello. Lo aprì facendo molta attenzione, come gli aveva insegnato Lin Ci. La lama alla luce del lampione mandava dei bagliori. Ebbe l'impressione che il coltello vibrasse nella sua mano, tremava come l'ago di una bussola. Sembrava indicare una direzione.

Muli si alzò e la seguì.

Dal basso saliva una nebbia che avvolgeva le cose e le confondeva. Camminava deciso, seguendo il ritmo dei suoi passi che risuonavano sull'asfalto.

Quando sollevò la testa e si guardò intorno si accorse di essere già arrivato alla stazione: allora svoltò a sinistra e puntò verso il tunnel che portava alla zona industriale. Seguì il lungo muro di mattoni coperto di scritte e graffiti. Nessuna casa fiancheggiava la strada, solo pareti che si perdevano in un punto lontano. Dai marciapiedi sconnessi spuntavano erbacce, pezzi di plastica e vecchi rifiuti. Alzò lo sguardo e gli apparvero davanti le ciminiere della fabbrica abbandonata. Si stagliavano contro il cielo come torri invincibili.

Era lì che Shirkan aveva organizzato il suo rifugio.

Muovendosi tra cocci di bottiglie e lattine vuote, Muli raggiunse la scala di ferro che portava in alto.

Si arrampicò su per i gradini cigolanti, attento a non fare rumore.

In cima non c'era porta. Correnti di aria gelida attraversavano i grandi stanzoni che si aprivano uno dietro l'altro.

In fondo si vedeva il chiarore di un fuoco acceso sul pavimento.

Un brivido gli corse lungo la schiena. Sentì la

voce di Buldeo e Tabacco: ridevano sguaiatamente, ubrichi.

Pancia a terra, strisciando come un lupo in caccia, Muli attraversò la prima stanza tenendosi schiacciato al pavimento, le orecchie tese ad ascoltare il più piccolo rumore.

Scivolò davanti al letto di Shirkan, trattenne il respiro, sollevò la testa: il letto era vuoto. Forse anche lui se ne stava ubriaco accanto al fuoco.

Continuò a strisciare e raggiunse lo stanzone dove dormivano i ragazzi.

Erano ammassati su cartoni e vecchi materassi, dormivano stretti, vicini per non sentire il freddo. Il letto di Nina era staccato dagli altri: lei dormiva con altre due ragazze e con i più piccoli.

Muli si avvicinò al letto di Nina. La ragazza si sollevò di scatto spaventata. Soffocò un urlo. Anche Muli sussultò di spavento.

«Ah! Nina, tranquilla sono io, Muli...»

«Muli, come sei arrivato qui?»

«Ssst... non c'è tempo, presto, dobbiamo andarcene.»

Muli afferrò Nina per una mano e la trasse in piedi. Attraversarono in un lampo i grandi stanzoni e via, di volata giù per la scala di ferro.

«Corri Nina, corri, non ci prenderanno!»

«Muli, questa è pazzia!»

«Corri, arriveremo a stazione, saliremo su primo treno, andremo in altra città, lontani da tutto questo. Ce la faremo!»

Presero ad arrampicarsi su per la scarpata ripida che portava al tunnel.

Muli aiutava Nina, i sassi rotolavano sotto i loro piedi, lui la precedeva su per la salita e tenendole le mani le faceva da sostegno. Erano ormai arrivati in cima quando una sagoma, magra, alta, zoppa, comparve sopra di loro.

Il cappotto tigrato si gonfiava nel vento. Sembrava un rapace pronto a scattare sulla preda.

Muli e Nina si lasciarono rotolare giù dalla massicciata.

«Presto presto, da questa parte, Nina, corriamo al binario di rifornimento, lì c'è altro passaggio che porta a stazione...»

Correvano a grandi balzi sulle traversine del binario, verso il buio che li ingoiava, quando di colpo ci fu un bagliore, una scudisciata nell'aria, e davanti a loro comparve ancora Shirkan.

«Dove state correndo?...» ringhiò. «Vostra corsa finisce qui!»

«Nina non ti fermare, scappa di lato, corri, con sua gamba zoppa non ci prenderà!»

Con una capriola Muli scartò di fianco, rotolò sui sassi appuntiti, scavalcò Shirkan e riprese veloce la corsa, ma un grido lo attraversò come una freccia.

«Muli... Muli... aiuto, non mi lasciare!»

Si girò e vide che Shirkan aveva afferrato Nina e la trascinava tirandola per i capelli verso la vecchia fabbrica.

Si accorse allora di avere nella mano il coltello di Lin Ci, che vibrava come fosse pronto a partire. Muli lo lanciò deciso. Un sibilo attraversò l'aria e la lama andò a conficcarsi nella gamba sana di Shirkan, che urlò, ma non lasciò Nina.

«Aiutami... aiutami... Muli aiutami!» Nina continuava a gridare; la sua voce risuonava nella notte.

Shirkan la trascinava via, allontanandosi a grande velocità, con guaiti da animale ferito. Muli si precipitò all'inseguimento e li raggiunse. Nina tese le mani verso di lui, Muli cercò di afferrarla ma non ci riuscì: era lì a un passo da lei, eppure non ci riusciva...

Una trave di legno messa di traverso fermò la sua corsa, il suo piede s'impigliò, sentì il corpo ruotare in aria in un intreccio di braccia e gambe. Poi cadde al suolo.

Si ritrovò sdraiato sul pavimento del bar, incastrato nella sedia rovesciata: aveva male a un ginocchio. Si guardò intorno: le luci erano basse nella baracca. Baghera era andata a dormire. Anche Baloon dormiva, si era allungato sulla panca e russava.

Allora anche lui aveva dormito, non era mai uscito dal bar, era stato solo un sogno. Tutto era sembrato così vero: aveva ancora davanti agli occhi il viso di Nina, la sua mano tesa a chiedere aiuto.

C'era freddo, come ogni notte la lamiera e le assi della baracca si coprivano di umidità. Muli si trascinò oltre la tenda del retobottega, prese una coperta dallo scatolone sotto la sua branda e la distese su Baloon, poi, schiacciato dall'angoscia di quell'avventura notturna, si sdraiò sul suo letto, tirò su la coperta e crollò addormentato.

17

Muli aprì gli occhi: un fascio di luce filtrava dalla tenda che separava il retrobottega dal bar e colpiva come una lama il suo cuscino.

L'odore di polenta tostata annunciava che Baghera era già in piedi. La colazione preferita di Baghera era un bicchiere di tè caldo con un pezzo di hugali, una polenta bianca, con zucchero o frutta.

Muli sollevò la coperta e si accorse che si era addormentato vestito. Guardò fuori: la luce del giorno cacciava via le ombre della notte appena trascorsa e il ricordo di quel terribile sogno. Si allacciò le scarpe, scostò la tenda e uscì dal suo piccolo rifugio.

«Bunadì!... Buon giorno a tutti!»

«Buongiorno a te, Muli» rispose Baloon mentre raccoglieva i suoi fagotti. «Speravo proprio che ti svegliassi, sto andando via e volevo salutarti, hai dormito bene?»

«Baloon, ho fato un sogno terribile, come vero, ma non racconto perché no volio che torna paura.»

«Mangia, Muli, e non pensare» disse Baghera. «Vedrai tuto se sistema. È passato Ndugo, lui viene mangiare qui e dopo deve andare da signora a vuotare cantina, dice si tu puoi aiutare lui oggi.»

«Sì, ci vado» disse Muli con entusiasmo. Uscire dal recinto del quartiere gli piaceva molto, e poi con Ndugo accanto si sentiva forte, non doveva sempre guardarsi alle spalle per paura di agguati e brutti incontri.

«Bene! Io allora vado» disse Baloon e rivolgendosi a Baghera accennò un inchino: «Madame, la ringrazio per la squisita ospitalità.»

I sonagli sospesi che segnalavano l'apertura della porta si mossero.

Era entrato Peppino, con la sua tuta logora e le tasche sempre gonfie di bulloni e chiavi inglesi. Peppino riparava e vendeva biciclette; la sua officina non era lontana dal bar.

«Un caffè per me e un caffè pagato!»

«Pagato per chi?» chiese Muli.

«Per qualcuno che magari oggi i soldi per un caffè non ce l'ha. Al paese mio si usa fare così.»

«Auguro una buona giornata a tutti» disse ancora Baloon avanzando verso la porta.

«Aspetta, Baloon, fammi compagnia, prendiamoci questo caffè» lo fermò Peppino.

Baloon si risedette. Qualche istante dopo Muli arrivò al tavolo con un vassoio.

«Ecco due caffè e due bicchieri di acqua, bela fresca!»

«Quanto è bello stu 'uagliò, si ricorda di tutto.»

Servire un caffè senza un bicchiere d'acqua a Peppino era come fargli un torto.

«Anch'io ho cominciato a lavorare che ero bambino: ero svelto, proprio comm'a te.»

Peppino zuccherò il caffè, lo assaggiò, e storcendo la bocca disse:

«Sembra acqua calda! Baghera, il caffè è un'arte, e tu devi diventare la regina del caffè!»

«Pippino, tu ha fissazione di caffè, per piacere, bevi e sta zito, che qui abbiamo tanti problemi!» ribatté Baghera allineando i bicchieri sugli scaffali.

«E chi non ha problemi! Proprio per questo, una buona tazza di caffè ti mette in pace col mondo» fu il commento di Peppino.

«Allora io volio bere un sechio intero di caffè» rispose Muli mentre asciugava con un giornale le gocce di vapore che rigavano i vetri della baracca.

«Uh mamma mia!» disse Peppino. «Sei così giovane e tieni tutti 'sti problemi?»

«Muli ha ragione: sua vita non è facile. La Tigre si è fatta viva!» disse Baloon.

«Quella brutta bestia di Shirkan!» disse Peppino. «Muli, per te ci vorrebbe una bella bicicletta come quella di E.T, una bicicletta che può volare, così al momento del bisogno te ne scappi 'n cielo e lasci tutti col naso all'aria. Dico bene?»

«Pepino, io mai andato su bicicletta, e tu vuoi dare me bicicletta che vola?»

«Non sei mai andato in bicicletta? Bisogna subito rimediare. Vieni all'officina che ci penso io: ci mettiamo subito al lavoro.»

«Questa è una buonissima idea» disse Baloon. «Che dici, Muli? Potresti dare una mano a Peppino. A te piace aggiustare le cose. Vero, Baghera?»

«Sì, sempre a pomeriggio qui a bar c'è poco lavoro, puoi andare da Pippino, così anche impara altra cosa.»

Muli trattenne un sorriso. Gli occhi gli brillavano di eccitazione.

«Va bene, domani io vengo, oggi no posso, vado aiutare Ndugo» disse mentre portava via le tazze vuote.

«Ti aspetto, allora!» Peppino tirò fuori dalla tasca una manciata di bulloni, scelse tra questi delle monete e si avvicinò alla cassa per pagare.

«Ciao Baghè, me ne vado, che cucini oggi?»

«Pullo, riso e patate.»

«Allora ci vediamo per pranzo.»

«Vengo via con te» disse Baloon riprendendo i suoi bagagli. «Facciamo un pezzo insieme.»

Muli li accompagnò alla porta.

«Ci vediamo domani» disse, rivolto al meccanico.

«Quando vuoi» disse Peppino, e con la mano gli scompigliò i capelli.

Muli rimase a guardarli mentre si allontanavano sul vialetto sterrato nella luce tersa del mattino.

18

La mattina dopo Muli era davanti alla bottega di Peppino.

L'ingresso era ingombro di pezzi di ferro, ruote dentate sporche di grasso, viti, cerchioni. La porta era piccola e la bottega piuttosto buia.

In fondo, una lampadina accesa rischiarava un bancone pieno di attrezzi. Ovunque dall'alto pendevano pezzi di ferro, come scheletri di animali meccanici.

Muli sbirciava attraverso i vetri ma non si decideva a entrare; alla fine prese coraggio. «Pepino! Pepino!»

Dal fondo Peppino venne avanti pulendosi le mani in uno straccio nero di grasso. Sorrise. «Ehi guagliò, buongiorno! Entra, entra. Vieni, non avere timore...» e intanto già ritornava verso un trespolo su cui era sospesa una bicicletta. Muli lo seguì.

«Scusa, ma sono al termine dell'operazione, non

posso abbandonare il paziente» disse Peppino. Infilò tra i pedali della bicicletta un lungo cacciavite che finiva con un dado e prese a stringere i bulloni. La bicicletta oscillò.

«Tienila ferma... non così, con tutt'eddue le mani. Bravo!»

Strinse i bulloni con forza.

«Ecco fatto, un'ultima stretta e questa sta a posto.»

Peppino allentò il fermo che serrava la bicicletta e l'appoggiò a terra.

«Aspettami qua, che la provo.» Fece qualche metro per guadagnare l'uscita, poi saltò sulla bicicletta, e in un attimo scomparve.

Qualche minuto dopo era di ritorno: frenò, e con un salto scese.

«Ti vuoi fare un giro?» disse a Muli.

«Ti ho detto, non so andare bicicletta, mai avuta. Mio zio aveva una, ma nesuno poteva tocarla, lui usava per lavorare e portare ragazze a ballo.»

«E finalmente è arrivato il momento di avercela, una bicicletta! Vieni con me.»

Rientrarono nell'officina e muovendosi tra grovigli di ferro andarono verso un un angolo in cui erano ammonticchiate carcasse di biciclette, pedali, manubri, fili d'acciaio, corone dentate.

«Ecco, vedi» disse Peppino, «qua ci sta la tua bicicletta.»

«Qua?»

«Certo, qua ci stanno almeno tre biciclette, stanno un po' confuse, ma ci stanno. Si tratta di scegliere i pezzi giusti e di metterli insieme. Forza, al lavoro! Allora, per prima cosa serve il corpo, questo qua, vedi?»

Peppino prese un vecchio telaio di bicicletta da uomo, un po' arrugginito ma dall'aspetto solido.

«Adesso dobbiamo trovare le gambe.»

«Le gambe?» chiese Muli.

«S', le ruote sono come le gambe, no? Vai, scegline due buone, due belle gambe diritte, grandi uguali, mi raccomando...»

Muli si avventurò nella catasta di pezzi e prese una ruota. Era storta, le mancavano dei raggi. La lasciò, poi ne prese altre due che sembravano perfette ma non erano della stessa grandezza.

Allora Peppino spostò alcuni ferri e prese un'altra ruota.

«Questa va benissimo! È senza copertone, ma poi ce lo mettiamo. Adesso pensiamo ai piedi.»

Peppino mostrò a Muli un pedale. Muli li vide subito nel mucchio, erano di colore diverso, ma come grandezza andavano bene.

«Adesso serve un bel manubrio» disse Peppino.

Muli spostò qualche telaio, la ruota storta che avevano scartato, poi vide spuntare una manopola: la tirò fuori.

Era un manubrio con una bella curvatura. Lo impugnò come se avesse già sotto una bicicletta e lo passò a Peppino.

«E bbravo u' guaglione. Che manca, vediamo... La catena, la corona, i pignoni e qualche vite.»

«Corona prendo io, Pepino, voglio essere re di bicicletta.»

Muli si guardò attorno e prese il copertone di una piccola bicicletta.

«Va bene questa come corona?»

«No ma che dici, la corona è questa qua.»

Peppino prese una specie di grosso ingranaggio. «Vedi, a questi denti si aggrappa la catena, questa, vedi? Che quando tu pedali fa muovere le ruote.»

«Allora c'è tuto?» chiese Muli.

«E no, manca la sella.»

«La sella? Come cavallo!? A mio paese Milosc faceva selle...»

«Hai detto bene, Muli, questa bicicletta sarà il tuo cavallo. Aspetta però, per il re della bicicletta ci vuole una sella speciale.»

Peppino si chinò sotto il tavolo da lavoro e spostò alcune scatole.

«Dove l'ho messa? Eccola qua! Questa è la sella della mia vecchia bicicletta. È fatta di cuoio, cucita a mano, con due belle molle sotto, vedi, per ammortizzare i colpi...»

La sella aveva una bella forma sfilata per agevolare la pedalata e il cuoio per l'uso sembrava come lucidato.

«Ecco qua!» disse Peppino. «Ora comincia il lavoro vero. Questi pezzi devono tornare come nuovi. Bisogna grattare via tutta la ruggine. Comincia dal corpo.»

Muli si sistemò su uno sgabello, appoggiò il telaio alle gambe, e con un pezzo di carta vetrata prese a strofinare il ferro. Prima con forza, poi, quando il luccichio del metallo cominciò ad affiorare, passò ad una grana di carta più sottile.

Più strofinava, più il ferro diventava lucido. Il tempo volò in fretta e quando il telaio fu tornato come nuovo era già buio. Muli salutò Peppino e di corsa tornò al bar, giusto in tempo per la cena.

19

Nei giorni seguenti, appena aveva un momento libero, Muli correva da Peppino a continuare il lavoro. Lucidò ogni pezzo della bicicletta.

«Basta, Muli, così lo consumi, quel pedale!» gli diceva Peppino, e intanto gli mostrava come fare, correggeva gli errori, felice di vedere in Muli tanta passione. Il giorno in cui misero insieme i pezzi nell'officina c'era un silenzio carico di concentrazione: si sentiva solo il tic tac dell'orologio appeso alla parete. Muli stava accanto a Peppino come un assistente in sala operatoria e gli passava gli attrezzi senza distogliere mai gli occhi dalle mani del chirurgo ciclista. Come per magia stava prendendo forma la prima bicicletta di Muli.

A mezzogiorno fecero una breve sosta e andarono a mangiare da Baghera. Muli fu più veloce del solito nel servire ai tavoli. Sparecchiò, spazzò per terra, e appena finito avrebbe voluto trascinare subito Peppino all'officina, ma quando lui beveva il caffè era meglio lasciarlo tranquillo.

Finalmente ripresero il lavoro. Prima di sera la bicicletta era montata.

«Adesso devi decidere il colore» disse Peppino tirando fuori dallo scaffale una cassetta di vernici. «Scegli.»

«Volio questa rossa, così corre di più, come Ferari! Ma prima di vernice vollio provare mia bicicletta!»

Muli ci salì sopra, ma non appena diede una pedalata barcollò e cadde. Si rialzò e controllò che la bicicletta non si fosse rovinata, poi si girò verso la bottega e vide che lì davanti c'era Peppino che se la rideva.

«Io no mai salito su bicicletta: invece di ridere, aiuta me Pepino!»

«Vabbuò 'ia! Allora io reggo il sellino e ti seguo, solo per darti l'avvio, poi ti lascio. Il segreto è pedalare, tanto non puoi cadere, basta che allunghi i piedi e tocchi terra. Sei pronto? Vai!»

Muli cominciò a pedalare sorretto da Peppino che gli correva accanto; non appena prese velocità fu lasciato solo.

«Vai, continua non ti fermare, pedala... tieni 'a direzione...»

La bicicletta fece qualche metro a zigzag, ondeggiò da una parte, poi dall'altra. Muli cercava disperatamente di governarla: riuscì a fare alcuni metri in linea retta, ma preso dall'emozione inchiodò con una frenata e cadde di fianco.

«Non ti preoccupare, è normale» gli urlò Peppino.

Muli si rialzò e con la spinta di Peppino ripartì: sembrava un ciclista ubriaco, ma riusciva ad andare.

«Bravo!» gli urlava Peppino. «Piano col manubrio, basta un piccolo movimento per riprendere la strada. Bravo, così! Hai visto?»

Muli cadde ancora, provò e riprovò. Poi, come se finalmente avesse domato il suo cavallo, cominciò ad andare sempre più sicuro: frenava, ripartiva. Correva avanti e indietro, eccitato, le guance accaldate, la fronte bagnata, e la bicicletta docile si lasciava portare.

Era ormai quasi sera. Muli riportò la sua bicicletta in officina, l'accostò al muro, pelata, nuda, pronta per la vernice. Si fece prestare un vecchio pezzo di stoffa e la coprì. Fece quasi una carezza al manubrio, un abbraccio irruento a Peppino, e via di corsa verso il bar di Baghera.

20

Il giorno dopo Muli si svegliò prestissimo, aspettò che Peppino venisse a prendere il caffè e se ne andò con lui in officina. La bicicletta sembrava ancora addormentata sotto la vecchia coperta. Muli la scoprì, smontò la sella, le ruote e iniziò con la verniciatura. Quando arrivò l'ora di pranzo aveva dato la prima mano di vernice, e prima di sera anche la seconda mano fu completata. La mattina dopo, quando tornò all'officina, Peppino aveva già gonfiato le gomme e rimontato la sella. Muli pedalò fino al bar e fece il suo ingresso trionfale tra le risate di approvazione di Baghera.

Quella notte Muli volle la bicicletta accanto al letto: si rigirava sotto le coperte senza riuscire a dormire, si metteva a sedere e faceva scorrere la mano dal manubrio fino alla sella, come per accertarsi che fosse proprio vera.

«Visto, Nina, te l'avevo detto! Sogno di bicicletta si è fatto vero! Eccola qua!

«Adesso devi avere ancora poco di pazienza e anche altro sogno si fa vero.

«Dormi tranquilla Nina, io no ti ho dimenticato.»

Da quel momento Muli faceva tutto con la bicicletta, non se ne separava per nessun motivo. Pedalava dietro il bar a controllare il nuovo pollaio, sul manubrio caricava il secchio d'acqua per innaffiare il rosmarino, con la bicicletta andava a fare la spesa, a volte dimenticava di proposito di comprare qualcosa in modo da poter tornare al mercato.

Gli sembrava che le distanze si fossero dimezzate: era diventato velocissimo in groppa a "sua ferari". Appena dalla bicicletta arrivava un rumore che gli sembrava strano, correva alla bottega di Peppino a farglielo sentire.

Un giorno chiese a Peppino di montare in canna.

«Pepino, adesso che sono bravo a pidalare volio portare altra persona.»

«E io che c'entro, ti devi fare la fidanzata, allora!»

«Ma si non imparo come trovo fidanzata? Dai Pepino… monta tu!»

Peppino allora gli portò un grosso sacco pieno

di stracci e insieme lo assicurarono con delle corde alla canna della bicicletta.

Per alcuni giorni Muli si esercitò così. Era veramente bravo, sembrava ci fosse sempre andato. Il quarto giorno Peppino montò in sella e Muli lo portò oltre il ponte, dove i palazzi si facevano più fitti e le macchine più veloci.

«Uè guagliò, accort, ma che fai, qua è pericoloso, torna indietro!»

«A tui ordini Pepino, indietro!»

Muli fece una frenata da brivido, girò la bici in una u perfetta e si diresse subito al bar, dove offrì un bel caffè doppio a Peppino, mezzo morto di paura.

Così tutti i pomeriggi Muli era alla bottega ad avvitare, a riparare, ad aiutare. Era un apprendista meccanico serio. Solo ogni tanto, tra un lavoro e l'altro, usciva. «Mi faccio un giro, torno subito!»

Saltava in groppa alla sua bicicletta e pedalava più forte che poteva, spingendosi ogni volta più lontano, verso il centro della città, a scoprire quartieri nuovi.

Fu proprio durante una di queste corse a folle velocità che, passando davanti a una fermata dell'autobus, vide Nina. Era sull'altro marciapiede, aveva in braccio Misha che si era addormentato, e c'erano anche Luba e Igor, un ragazzo amico di Muli. Accanto al piccolo gruppo, come un cane da guardia, Tabacco. Muli frenò subito, le ruote si bloccarono, e strisciando a terra emisero come un lamento.

Quel suono bastò a far girare Nina e gli altri. Per un momento restarono tutti fermi. Muli, con un piede a terra e uno sul pedale, stringeva il manubrio della sua bicicletta. Nina lo fissava, e i suoi occhi verdi brillavano: Allora Muli sta bene, ce l'ha fatta, non è finito male come dicevano.

Muli, immobile come un gatto, fissava Nina e teneva d'occhio Tabacco, pronto a scappare se avesse tentato di avvicinarsi. Aveva una bicicletta, ora, era velocissimo, nessuno poteva raggiungerlo.

Muli avrebbe dato qualsiasi cosa per avvicinarsi un attimo a Nina. E anche Nina avrebbe voluto correre da lui e raccontargli tutto quello che era accaduto da quando lui se n'era andato. Che adesso non li lasciavano mai soli, erano continuamente sorvegliati. Che le punizioni erano aumentate, il cibo diminuito. Nina fece un piccolo passo verso Muli, ma Tabacco le afferrò il braccio con una stretta rabbiosa.

Poi, guardando Muli dritto negli occhi, trascinò

Nina, Luba e Igor nella direzione opposta. Muli li vide svoltare in una stradina.

Si avviò pedalando lentamente in direzione del bar. Era come se intorno fosse calato di colpo il buio. In un istante tornarono ai suoi occhi la fabbrica abbandonata, le botte, la fame… e Nina ancora prigioniera di Shirkan.

Certo, cosa si aspettava? Che tutti gli altri si fossero liberati da soli e vivessero felici e contenti? Lui stava a farsi bello con la bicicletta nuova e intanto il tempo passava, e magari Nina presto si sarebbe dimenticata di lui.

Ma adesso che l'aveva vista… era bella, Nina, ancora più bella di come la ricordava.

Scese dalla bicicletta. Le gambe gli tremavano, la vista gli si annebbiava in onde acquose. Camminò con la bicicletta al fianco fino alla bottega di Peppino.

«Guagliò, che è successo? Sei caduto? Tieni una faccia che sembra che hai visto 'nu muort, un morto.»

«No niente, Pepino solo stanco. Ciao, ci vidiamo dumani» fu la risposta di Muli.

21

Alle dieci di sera il bar era già chiuso: quel giorno non c'erano avventori. Baghera era andata a letto. Muli aveva bloccato gli scuri delle finestre e si era sdraiato sulla sua branda.

Fissava il soffitto con gli occhi spalancati: non riusciva a dormire.

Si sentiva pronto a iniziare una nuova giornata come se si fosse appena svegliato. La bicicletta, sdraiata ai piedi del letto, aveva il manubrio posato sul materasso. Muli col piede tentava di afferrare tra l'alluce e l'indice la levetta del campanello per farlo trillare.

«Muli, scendi di bicicletta, è notte, dormi!» protestò Baghera dal suo giaciglio.

Il ragazzo si mise seduto, proprio non aveva sonno. Lentamente, senza fare rumore sollevò la bicicletta e la rovesciò, con le ruote in alto. Dette un piccolo colpo e la ruota girò: gli ingranaggi erano ben oliati. Allora con un vecchio calzino così rotto da non poter essere più indossato, si mise a cancellare le impronte di grasso sui cerchioni. Mentre le ruote scorrevano sotto le sue dita si ricordò di una volta al suo villaggio che si era arrampicato in cima al serbatoio dell'acqua a liberare la ruota dell'ingranaggio. La pompa meccanica si era bloccata, il villaggio era senza acqua da giorni, il vecchio Vuk che di solito la riparava era a letto, molto ammalato. Per raggiungere l'ingranaggio bisognava passare da una finestrella stretta e poggiarsi su delle tavole che non avrebbero mai retto il peso di un uomo adulto. Solo Vuk ci riusciva, perché era un uomo molto piccolo, aveva il corpo di un bambino. Muli era corso da lui a chiedergli cosa si poteva fare. Vuk con un filo di voce aveva dato istruzioni: bisognava ungere di grasso gli ingranaggi, c'era poi una leva rossa, bisognava riportarla verso il basso, ma non serviva la forza, si doveva muoverla delicatamente fino a trovare il punto di sblocco.

Muli era corso tra la gente che si accalcava ai piedi del serbatoio:

«Ci vado io lassù, io ci salgo» aveva gridato.

Subito c'era stato un brusio tra la folla: alcuni dicevano che non si poteva mandare lassù un bambino, ma già due mani robuste lo avevano afferrato e sollevato al di sopra della folla, sui primi pioli della scala che portava in cima. Muli aveva iniziato la salita. Il vociare della gente si faceva sempre più lontano.

"Non guardare mai giù." Come una preghiera si ripeteva in testa le parole del vecchio Vuk. "Il cielo ti è amico, non pensare che puoi cadere" e intanto afferrava con forza i pioli metallici e saliva sempre più in alto.

Poi tutto gli era sembrato un sogno: era sgusciato facilmente attraverso la piccola finestra, una penombra umida lo aveva avvolto, lo sgocciolio dall'acqua scandiva il tempo, le tavole sotto i suoi piedi scricchiolavano. Muovendosi leggero aveva dato grasso al meccanismo, poi aveva afferrato la leva rossa, l'aveva mossa delicatamente, facendola vibrare, e subito l'asta si era spostata verso il basso, con un rumore metallico.

C'era stato come un risucchio d'acqua, un gorgoglìo e poi l'urlo acclamante della gente all'esterno: laggiù l'acqua sgorgava nuovamente dai rubinetti.

"Ricordati che un tempo avevamo le ali" gli aveva detto Vuk, e Muli si godeva nella discesa l'aria che lo pettinava: adesso le sentiva davvero, le ali.

Arrivato in basso, cento mani festose lo avevano

sollevato facendolo volteggiare nell'aria: era l'abbraccio di tutto il villaggio.

Allora si era fatto largo tra la folla un uomo alto, magro, con un cappotto tigrato.

«Tu hai coraggio» gli aveva detto con voce roca. «Con me puoi fare fortuna, bevi.» Gli aveva offerto una bottiglietta di aranciata. «Dov'è la tua casa? Voglio parlare con tuo padre.»

«Ho uno zio» era stata la risposta di Muli. «Mio padre non c'è più.»

22

Toc, toc, toc. Un battere debole risuonò nella baracca, Muli sussultò.

Chi poteva essere a quell'ora? I nemici non bussano, pensò, semmai entrano con la forza. Si avvicinò alla porta.

«Chi è?» chiese sottovoce, per non svegliare Baghera.

«Sono Baloon, mi apri?»

Muli fece scorrere il chiavistello.

«Baloon perché tu qui a ora di notte? Sei tutto sporco, che ha sucesso?»

«Shirkan e compagni hanno pensato che avessi freddo e hanno acceso un bel fuoco nella mia tana.»

«E tu dov'eri? Stavi dormendo?»

«No, per fortuna ero fuori, quando sono tornato la botola era rovente, un fumo soffocante chiudeva il passaggio, era impossibile scendere.»

«Tutta tua roba è fumo, non ha più niente!»

«Non è questo che importa. Le cose vanno e vengono, si può vivere senza» disse l'uomo con voce incolore.

«Ma tua casa?»

«Troverò un'altra tana, il mondo è grande, sai. Però questa notte preferisco stare qui. Ho bisogno di calore amico.»

Muli abbracciò Baloon. «Ti prego Baloon questa notte dormi in mio letto, io no ho sonno, resto su panca.»

Baghera si rigirò nel letto, masticando parole assonnate.

Muli e Baloon smisero di parlare per non svegliarla.

In silenzio si spostarono oltre la tenda. Muli sollevò di peso la sua bicicletta e per creare spazio la portò fuori accanto ai tavoli. Indicò a Baloon la sua branda. «Fammi regalo di dormire in mio letto.» Poi scivolò via e prese posto a un tavolo, i gomiti appoggiati al piano, il viso tra le mani.

Dopo pochi minuti sentì il respiro pesante di Baloon. Come aveva detto? "Dormire, sognare, forse… e fare finire disgrazie?"

Sì, ma come?

Muli sentiva che la sua vita scalpitava e scalciava per prendere la corsa, come i cavalli al galoppo.

Non c'era più tempo, bisognava riuscire a saltare in groppa, subito, senza più aspettare.

Si guardò intorno e sentì una stretta al cuore. Ancora una volta avrebbe dovuto lasciare ciò che amava. Prese il blocchetto dove Baghera appuntava i suoi conti e sfruttando gli squarci di luce che le persiane proiettavano all'interno scrisse, a lettere incerte:

Baghera, Baloon, momento è arrivato.
Mio cuore dice di andare.
Vado prendere Nina.
Scapperemo lontano con bicicletta, per voi già troppi guai.
Siete amici grandi di mia vita.
Tornirò, vi stringo a quore, anche Pepino
Muli

Asciugò col gomito le lacrime cadute sul foglio. Prese il giubbotto, la bicicletta e uscì.

23

Muli spingeva la sua bicicletta tenendola per il manubrio. La bicicletta gli scivolava accanto senza fare rumore. Fece qualche passo di corsa, mise un piede sul pedale, e con un balzo salì in groppa. Si sentiva forte.

La luce dell'alba colorava il cielo di viola. Muli pedalava veloce verso la stazione: doveva arrivare prima delle sei.

Era quella l'ora in cui Shirkan e i ragazzi prendevano il treno per andare a mendicare, a rubare, ogni giorno in una città diversa.

Arrivò in stazione e cercò subito un posto dove legare la bicicletta.

Doveva essere facilmente raggiungibile, in modo da saltarci su in fretta e partire senza più fermarsi. Trovò un palo proprio accanto all'uscita della metropolitana, reggeva un cartello stradale con una freccia che sembrava indicargli la direzione da prendere. Muli legò la bicicletta al palo, con la ruota davanti che puntava proprio nella direzione della freccia. Fece fare due giri alla catena intorno al palo e alla bicicletta, poi unì due anelli con il lucchetto, ma invece di chiuderlo completamente lasciò il gancio fuori dal buco, accostato, pronto per essere sganciato velocemente. Entrò in stazione dall'ingresso principale, salì subito in cima alla grande scalinata e si nascose dietro una colonna. Da lì controllava bene l'atrio inferiore: avrebbe visto entrare Shirkan e i ragazzi e li avrebbe potuti seguire senza perderli più di vista. Aspettò. Non arrivava nessuno. E se fossero entrati da un altro ingresso?

Muli stava già per spostarsi verso l'entrata laterale quando vide il gruppo avanzare nell'atrio della stazione. Shirkan si fermò un attimo ai piedi della scalinata e il gruppo s'immobilizzò accanto a lui. L'uomo si guardò intorno fiutando l'aria, poi alzò il bastone, indicò le scale e il gruppo cominciò a salire. Muli arretrò. L'atrio superiore a quell'ora era tranquillo, i negozi erano ancora chiusi. Arretrò ancora, e si avvicinò alla zona dei binari.

La stazione si stava riempiendo di gente che andava al lavoro, i primi treni dei pendolari si formavano a pochi passi da lui. Muli si nascose dietro un'edicola e seguì con lo sguardo il gruppo che attraversava l'atrio dei negozi. Veloce si spostò avanti e si appiattì dietro un chiosco che vendeva bibite.

Da quella posizione li poteva vedere bene: andavano al binario due. Camminavano stretti in gruppo, davanti Shirkan, Nina come sempre in fondo accanto a Misha; Tabacco e Buldeo garantivano il controllo sul fondo.

Quando la fila imboccò il binario, Muli lasciò il suo nascondiglio e li seguì. Ormai sempre più gente affollava la stazione ed era più facile vedere senza essere visti. Il treno era già sul binario. Shirkan si fermò davanti a una carrozza e salì. Uno dopo l'altro i ragazzi lo seguirono.

Tabacco si allontanò di qualche passo e si accese una sigaretta.

Buldeo si girò e prese a camminare in direzione contraria. Muli se lo vide venire incontro e si appiattì dietro un pilastro, già pronto a scappare. Buldeo passò a pochi centimetri da lui, superò il pilastro e continuò a camminare. Andava al chiosco delle bibite, andava a farsi una birra!

Ecco, quello era il momento giusto; Buldeo era lontano, Shirkan era sul treno, Tabacco distratto. Vide Luba salire con Misha sul treno. Solo Nina rimase sul marciapiede, pronta a salire. Muli sentiva il cuore che gli batteva come un tamburo. Chiuse un attimo gli occhi, poi li riaprì e si lanciò in una corsa cieca, arrivò davanti al vagone e afferrò Nina per un braccio.

«Corri!… Corri!»

Con un urlo Nina riconobbe Muli e lo seguì, trascinata nella corsa.

«Non ti fermare… corri Nina… non ti fermare!» gridava Muli.

Le scarpe di Nina nella corsa erano volate via, ma lei continuava a correre veloce, a piedi nudi.

Tabacco si accorse della fuga e batté con i pugni sul vetro del finestrino per richiamare l'attenzione di Shirkan.

Muli e Nina erano lanciati in corsa verso la testa del binario, lì c'era più gente, sarebbe bastato raggiungere l'atrio, scendere al volo le scale, montare in bicicletta e pedalare forte.

«Buldeo… Buldeo» urlò Tabacco, partito al loro inseguimento. «Fermali!»

Nina e Muli si facevano largo a spintoni. Il flusso dei viaggiatori che veniva in direzione opposta frenava la loro corsa. Qualcuno si fermava stizzito a guardarli.

Shirkan intanto aveva spinto giù dal treno gli

altri ragazzi a colpi di bastone. Intimò loro di restare vicino al vagone, e poi, arrancando, si lanciò all'inseguimento dei due fuggiaschi.

Nina e Muli erano già arrivati alla testa del binario: si vedeva l'atrio. A un tratto una fila di carrelli per il rifornimento del treno si mise di traverso sul marciapiede, Buldeo ne approfittò, scavalcò i carrelli e si parò davanti ai due ragazzi.

Muli strinse forte la mano di Nina, si girò e prese a correre nell'altra direzione, ma davanti a lui spuntò Tabacco. Scartò allora di fianco, si chinò, ma Tabacco afferrò Nina e gliela strappò dalle mani.

Muli si guardò intorno: una folla di pendolari frettolosi riempiva il binario, la gente gli passava accanto rapida, ma sembrava fatta d'aria. Tutti erano diretti verso la propria meta, ciechi, grigi.

Fra la gente Muli vedeva i suoi compagni, spaventati, spersi: sembrava che nessuno si accorgesse di loro.

Shirkan avanzava verso di lui con occhi ardenti.

Muli arretrò di qualche passo, alla sua destra c'era Buldeo, dinnanzi a lui Tabacco, di fianco Shirkan. Fece un passo indietro, poi ancora un altro, e con la velocità di un gatto si arrampicò sulla macchina distributrice di bibite.

«Fermatevi!» gridò con tutta la voce che aveva in gola. «Fermatevi! No correte via, siamo qui, aprite vostri occhi...»

La gente incuriosita cominciò a fermarsi.

«Perché no guardate? Siamo come vostri bambini, anche io ho occhi, un naso, bocca, due mani. Siamo qui.»

La gente ascoltava più attenta.

«Mio nome è Muli, ho dodici anni, mio zio ha venduto me perché non aveva niente di mangiare...»

Intanto altre persone che andavano al lavoro si erano aggiunte a quelle già ferme intorno alla macchinetta delle bibite.

«E lui, lui è Shirkan... la Tigre» continuò a gridare Muli. «Lui ha comprato me, è lui chi compra e vende bambini, e loro sono Tabacco e Buldeo, noi dobbiamo rubare per loro, ci ammazzano sinò a calci, pugni, schiaffi... siamo schiavi di loro...»

La folla era cresciuta. Sul binario non si passava più, la gente premeva tutt'intorno, c'era un gran vociare, un passaparola di frasi.

«Io sono Nina» gridò di colpo una voce alle spalle della folla, e molti si girarono verso di lei. Sono sola, no ho padre, no ho madre, Shirkan picchia me.»

«Io sono Igor» urlò un'altra voce. «Tigre ha preso me co' inganno.»

«Io sono Mascia, Shirkan la Tigre mi ha comprata.»

«Sono Costas, no ho nessuno, quello uomo co cappotto di tigre ha preso me.»

La folla cominciò ad agitarsi. Molti puntavano il dito verso Shirkan che si teneva discosto, cercando di non farsi notare. Tabacco e Buldeo erano come inchiodati dagli occhi della gente: provarono a retrocedere, ma il muro delle persone era sempre più compatto, non c'erano vie di fuga.

«Viviamo qui, in vostra città» continuava a gridare Muli dall'alto. «Perché voi no vedete, perché no fate niente? Siamo qui! Perché voi no vedete?»

«Quel ragazzo ha ragione» gridò qualcuno tra la folla.

«Bisogna fare qualcosa.»

«È una vergogna!»

Shirkan si voltò di scatto per tentare la fuga, spinse via in malo modo le persone che aveva intorno, ma si sentì afferrare per un braccio. Si divincolò ma altre mani si aggrappavano al suo cappotto, lo strattonavano, cercavano di trattenerlo.

«Non fatelo scappare!»

«Chiamate la polizia!»

Tabacco e Buldeo provarono ancora a farsi largo tra la gente, ma la folla li serrava, non li lasciava passare: erano ormai immobilizzati.

«Sta arrivando la polizia!»

«Teneteli fermi… teneteli fermi!»

Shirkan era ormai circondato: fece roteare il bastone per aprirsi la strada, imprecando e colpendo a casaccio. Si sentì afferrare per le spalle, fece per voltarsi e colpire, ma il bastone gli cadde di mano; perse l'equilibrio, barcollò. Allora, reggendosi a fatica sulla gamba sana, mise la mano in tasca ed estrasse una pistola.

«Attenti, è armato!» gridò qualcuno

«Muli, bastardo, no mi distruggirai» urlò Shirkan.

Due colpi di pistola echeggiarono sotto la grande cupola della stazione.

Muli sentì un calore improvviso al fianco, come se un artiglio gli si fosse conficcato nel corpo.

Al rumore degli spari la folla si aprì di colpo: tutti gridavano, scappavano in ogni direzione, travolgendosi l'un l'altro come un fiume di corpi in piena.

Shirkan ne approfittò, alzò di nuovo la pistola per prendere la mira: ma in quel momento una figura nera, felina, fendendo la folla, si slanciò su di lui, abbrancò Shirkan alle spalle e in un attimo lo schiacciò a terra con la forza del suo corpo muscoloso.

Si sentì un colpo di pistola più sordo, poi Baghera aprì le braccia e sciolse la morsa con cui aveva immobilizzato Shirkan.

Shirkan giaceva a terra nella sua finta pelliccia di tigre che ormai si tingeva di rosso. Nella caduta il braccio gli si era piegato e il terzo colpo destinato a Muli gli aveva trapassato il petto.

Muli, lassù in alto, sentì che le gambe gli si piegavano, si accasciò, tentò di aggrapparsi al portellone della macchinetta distributrice di bibite, ma nelle sue braccia non c'era più forza. Scivolò a terra. Sentiva nel fianco una fitta lancinante che non lo faceva respirare.

Ormai le grida e il chiasso della stazione si facevano molto lontani, ovattati. Era come se sulla stazione stesse calando uno strano silenzio, una calma dolce.

Muli aprì gli occhi e vide davanti a sé una scritta: La vita ti sorride con... Coca Cola.

Poi un velo gli appannò la vista, e in quella nebbia vide Baghera, Baloon, Nina, i suoi compagni chini su di lui, che gli facevano cerchio intorno.

«Sto morendo, Baghera?» sussurrò. «Io no volio lasciare questa giungla...»

Baghera cercò di rispondergli, ma la voce le si fermò in gola.

«Sarai al bar con noi, sempre» disse Baloon prendendo la mano di Muli tra le sue. «Ci racconteremo ancora tante storie.»

Con uno sforzo Muli cercò gli occhi di Nina. Erano pieni d'acqua. Le sorrise.

Poi gli occhi verdi di Nina diventarono laghi profondi, e Muli ci sprofondò dentro, risucchiato verso campi immensi che a primavera si colorano di un verde così forte che brucia gli occhi, là dove i conigli selvatici non conoscono cacciatori.

E se invece il finale fosse un altro?

Se fosse lo stesso, ma anche diverso?

Proviamoci.

Quella mattina Muli riuscì a realizzare molti dei suoi desideri.

Liberò Nina e i suoi compagni.

Fece arrestare Tabacco e Buldeo.

Fermò Shirkan per sempre.

Ma quella mattina accadde anche qualcos'altro, di colpo la Stazione Centrale di Milano si fermò.

Dal fondo della stazione si sollevò un gran vento, il vento era denso di voci, risate. Tutti si fermarono in ascolto, come sospesi, e videro una moltitudine di bambini arrivare da direzioni diverse, sbucare dai tombini, dai sottopassaggi abbandonati. Camminavano leggeri, saltando a grandi balzi sulle traversine dai binari. Presto riempirono le pensiline e tutti si accorsero che quei bambini erano scalzi, indossavano abiti stracciati, avevano le mani gonfie di freddo, segnate dai fili dei telai, bruciate dai mattoni delle fornaci. Uno tra loro fece un fischio, era un segnale. I bambini si misero a correre, circondarono Muli, lo presero per mano e scomparvero tutti insieme in lontananza.

Per un lungo momento la stazione restò in silenzio, i passeggeri restarono immobili. Avevano visto.

Poi risuonò il fischio di un treno in arrivo, il tempo riprese a scorrere, tutti tornarono alle loro vite, ma con qualcosa di nuovo in fondo al cuore.

Finito di stampare nel mese di febbraio 2013
presso Grafica Veneta S.p.A.
via Malcanton, 2 - Trebaseleghe (PD)